Yuzuki Asako

四重奏·始

あまから
カルテット

[日]柚木麻子——著 胡静——译

中国友谊出版公司

图书在版编目（CIP）数据

四重奏·始 /（日）柚木麻子著；胡静译.—北京：中国友谊出版公司，2018.1
ISBN 978-7-5057-4079-2

Ⅰ.①四… Ⅱ.①柚… ②胡… Ⅲ.①长篇小说—日本—现代 Ⅳ.①I313.45

中国版本图书馆CIP数据核字（2017）第126584号

书名	四重奏·始
作者	（日）柚木麻子
译者	胡　静
出版	中国友谊出版公司
发行	中国友谊出版公司
经销	新华书店
印刷	河北鹏润印刷有限公司
规格	880×1230毫米　32开
	7.25印张　134千字
版次	2018年3月第1版
印次	2018年3月第1次印刷
书号	ISBN 978-7-5057-4079-2
定价	42.00元
地址	北京市朝阳区西坝河南里17号楼
邮编	100028
电话	（010）64668676

合同登记号：图字01-2017-3986

如发现图书质量问题，可联系调换。质量投诉电话：010-82069336

目录

稻荷寿司之恋

1

已经有六年没和男人说过话了。

这一想法让咲子大吃一惊。不对。就算工作上鲜少有机会，也并不能说自己完全没机会接触异性。比如，自己的钢琴教室里也有男孩子来学习，他们的家长也会来参加学习汇报。对了，还有调音师西门先生，自己每半年就会与他在自家用作钢琴教室的房间里单独相处一天，不是吗！

不过，这里所指的男人是能够成为恋爱对象的异性。

想到这里，咲子一下子红了脸。难道我已经喜欢上这个人了吗？我们开始说话还没到一分钟啊！而且这个人还是在烟火大会上恰好坐在我旁边的连名字都不知道的人。

“你喜欢稻荷寿司吗？如果不嫌弃的话，请尝一个吧。”

微暗的天色中，男人拿出了保鲜盒。当他的大手打开盒盖时，醋香立刻弥漫开来。盒子里面端端正正地摆放着九个润泽的褐色稻荷寿司。

“看起来很好吃。”

咲子情不自禁地吞了下口水。她突然感觉自己饿了。

“那我不客气了。”

咲子也没洗手就拿出一个寿司咬了一大口。这是她的本能反应，因此做起来毫不迟疑。

豆皮中的高汤非常醇厚，软烂中有些微甜的油豆腐与煮得略硬的米饭在口中混合的感觉让人陶醉。咲子满足地长叹一声。

就在这时，咚！震撼心灵的闷声响起，今晚最大的金色烟火出现了。多摩川的堤坝上一片欢声。烟火闪耀着香槟色的光辉很快消失在夜空之中。

“这烟火太棒了！”

“这寿司太棒了！”

两个人不约而同地看着对方说道。男人最先露出了愉快的笑容。咲子看到他因为大笑而振动的喉结有些忐忑不安。

“我的表现像个贪吃鬼，让你见笑了……我从来没吃过这么好吃的稻荷寿司。这是我迄今为止尝过的最好吃的味道。”

“是这样啊。很高兴你能喜欢它。不介意的话就都送给你吧。请和孩子们一起吃吧！”

他的视线一下子扫向坐在后面的家长和孩子。妈妈们都在忙着用相机或手机拍摄夜景，而有几个孩子已经开始打瞌睡。这也难怪，已经快到晚上九点了。

“这些不是我的孩子。”咲子大声说完后红了脸。烟火还在不断地绽放。

咲子终于忍不住地道：“我住在这儿附近，在自家开钢琴教室。今天只不过是应邀和学生的妈妈们一起来看烟火。我是独身，家里有一个母亲。今年二十八岁，没有男朋友。”

男人一脸吃惊地看着咲子。咲子一时感觉有些后悔便低下头，她很想随着刚才的烟火一起消失得无影无踪。

“我也没有——女朋友。”

咲子惊讶地抬起头，男人正朝她露出微笑。

男人有着晒成小麦色的肌肤、漂亮整齐的牙齿。他不过是穿着一件 T 恤衫，头上裹了一条毛巾而已，没想到两个人竟会聊到这一步。

“就因为我都三十岁了，却总是和这帮男人混在一起，所以才不会有什么女人缘啊！”

男人轻笑着转回身去。在距离咲子座位五排远的地面上铺着凉席，有将近三十个男人正在那里欢闹着。拥挤的凉席空隙间摆放着炸肉、毛豆和啤酒。他们中的一个小个子男人正在模仿着小号手吹奏，而其他人则为他伴奏。

“喂！你小子是在那边搭讪浴衣[1]美女吗？”

突然，那个男人看向咲子这边叫道。他像唐老鸭一样大张着嘴，就像个小丑。男人立时笑着回道：“阔嘴前辈是喝多了吧。请稍微克制一下，要是再像新人联欢时那样，突然因为酒精中毒晕倒的话，我可不管你噢！”

“烦死人啦！那都是十多年前的陈芝麻烂谷子啦！”

男人马上为咲子解了围，咲子感到很高兴。

“对不起，我这帮朋友大大咧咧的……哈哈，不过能够看到美女大口吃东西的样子，感觉很棒呢。”

欣喜感源源不断地向咲子涌来，她还从来没有被这样恭维过。此刻她非常感谢两个小时前硬要自己穿着浴衣出来的妈妈。

“下次请一定要来我的店里吃噢。这个稻荷寿司可是人气菜品呢。”

“欸？您是经营料理店的吗？那个，您是在哪里……”

就在这时，那个叫作阔嘴前辈的男人突然倒在凉席上。醉醺醺闹哄哄的男人们一下子安静下来，他们战战兢兢地靠向倒下的前辈，但他一动不动。男人一脸惊慌地转身离开咲子。

1　简便的和服，多为女性参加夏季庆典、烟火大会等时所穿着的服饰。

“对不起！请稍等一下！这是常有的事。啊，前辈，我早都说了嘛！”

男人猛地脱掉凉鞋跑到凉席上。他跨坐在阔嘴前辈的身上，一边拍着他的脸颊，一边将整瓶矿泉水倒在他脸上。

咲子提心吊胆地关注着那里的情况。她感到手里的保鲜盒沉甸甸的，晚风中混杂着火药的甜香。

2

“啊？这样就结束啦？”

像平时一样，最先发表议论的还是薰子。她那戴着绿框眼镜的眼中泛着浓浓的兴味之光。

“联系地址呢？姓名呢？邮箱呢？”

“后来那个叫阔嘴前辈的还是没能起来……所以就急着叫救护车什么的了。就在他们忙活的时候，学生家长们就说回去吧……我又没法拒绝，所以就那样走了。”

咲子无力地低下头。坐在她对面的满里子撩了撩她亮茶色的鬈发后大声谴责道：“你这算什么啊，简直太不应该了！你都干了什么呀？太浪费时机啦！还有两年你就三十岁了吧？你明不明白邂逅是多么重要啊？”

咲子很清楚这一点，难过得想哭的她还是怯怯地做了解释：“我也马上后悔了，本想立刻就折回去的。但是，那人潮……”

“我知道，烟火大会的归途实在是太要命。我家老公最讨厌那个了。所以我们每年都是在电视上看烟火大会的转播。”

和平时一样，优雅地点头表示赞同的仍然只有由香子。穿着棉布上衣的她给人一种如同少女般的纯净之感。

“不过，真是不甘心哪！这明明可能会是一场奇迹般的邂逅……”

薰子双眉紧锁着道。她从 Hirofu 的 A4 大牛皮包中拿出一个驼色的盒子。

“这里禁烟的，平时会有小孩子过来上课。”

由香子一边转动盛放着胡萝卜司康的餐碟，一边文静地叮嘱着薰子。薰子看了一眼占了整个客厅一半的三角钢琴，连忙收起香烟。

“薰子你可真是的，明明说自己戒烟成功了，结果却又失败了。怎么说呢，感觉你好像满身都散发着老头子的味道呢，你是不是要好好洗洗啊。”

满里子夸张地皱起眉，用涂着透明指甲油的指尖提起摩洛哥风格的奶茶壶。或许是她保养得宜的缘故，穿着 Jill Stuart 迷你裙的她依然还像个学生。

“知道了，知道了，满里子大小姐。我每天都在全是老头子的职场里没黑没白地工作，可不就成这样了呗！唉，嘴里空空的好难受啊。咲子，给我吃个这个。”

薰子一边说着一边向桌子中央端正地摆放着四个稻荷寿司的盘子伸出了手。满里子顿时惨叫起来。

“这可是灰姑娘的水晶鞋啊！”

“吵死了。我就是想知道它是什么味道嘛！”

薰子满不在乎地拿起一个稻荷寿司，然后大口吃了起来。

“这个已经冷冻了一星期，刚刚在微波炉里热了一下，味道可能早都变差了……”咲子刚说完，薰子就吃惊地睁大眼睛摇晃着右手道：“完全没问题！而且，这个太好吃了！这个味道是怎么做出来的？油豆腐里流出来的汤汁太美味啦！”

脸上还沾着饭粒的薰子滔滔不绝地称赞起来。满里子和由香子面面相觑。“那个，咲子，我们也可以吃吗？”

“我们吃一口尝尝就行。”两个人小心地偷看着咲子道。咲子笑着点了点头。

“你们不用客气，一人吃一个吧。我冰箱里还有四个呢。我就是想让你们也来体会下这种感动，也想听听擅长烹饪的家庭主妇的意见。”

由香子有些不好意思地微微一笑。

两个人先后拿起寿司吃了起来。和薰子一样，她们也是刚刚吃上一口就激动不已。

咲子一边看着三个中学时代的好友的表情，一边将冰茶倒进空杯子里。敞开的窗子上的窗帘在九月的清风下随风拂动。种植在咲子妈妈引以为傲的庭院中的攀缘玫瑰，正在缓缓绽放。

她们四个人每个月都会像这样在咲子家里小聚一下。这是她们自从十四岁就已经极为重视的一种习惯。尽管如此，像今天这样以咲子为主角的情况却鲜少出现。尤其是最近，在她们的聚会中，咲子和由香子大多数时候都是安静地听满里子说她的约会情况，或者是听担任男性月刊杂志编辑的薰子发发牢骚。咲子可从来没有说过自己对哪个男人一见钟情。

“这可不像门外汉做出的寿司。这是专门学手艺才会做出来的味道。”

薰子帮咲子做起了分析。咲子猛然间想了起来。

“啊！他好像说了什么开店之类的。这样啊，那这个寿司一定是他做的了……”

“你怎么知道的？”

满里子一边舔着沾了油的手指，一边歪头问道。咲子霎时红了脸。

“他的手非常大。这个寿司不也非常大吗？而且，我觉得这个寿司好像有他的味道。”

房间里霎时安静了下来。随后，另外三个人炸开了锅。

“噢——咲子好色啊！没想到你会说出这种话呢！”

“不过，手大的男人不好吗？！说句题外话，要是一个人的手冷冰冰的，那也不会吸引人了吧？”

“会做菜的男人也是加分项啊！”

咲子慌忙躲去厨房。她慢慢地冲泡着红茶，等待着三个人的兴奋劲儿消失。

咲子一边喝着奶茶，一边又陷入了沉思。

“线索只有这个……啊。”

看着吃剩一口的稻荷寿司，薰子开始皱着眉头嘀咕起来。莫名而来的羞涩让咲子故意说道：“就这样吧。和你们说说我就心满意足了。单靠这几个寿司怎么可能会找到那个人呢。而且，万一我们再会面时他根本不记得我了呢！”

咲子的话显然言不由衷。三个朋友看到她落寞的样子很担心。

3

“膳场，抱歉，我想借用下您作为美食记者兼‘伴手礼’组长的一点儿经验……”

薰子挂着不太自然的笑容从茶水间的微波炉中拿出刚刚解冻的稻荷寿司，随后将它放在盘子上。

“你知道这个稻荷寿司是哪家店的吗？”

坐在薰子和膳场身后办公桌边的山根一边走过来，一边开玩笑着说：“哦，这是岛田亲手做的吗？看来膳场的春天就快来了吧？”

“不是啦！快别拿我开玩笑了！那可是组长啊？绝对不行！”

薰子刚红着脸喊完，“月刊 男人的珠宝盒”编辑部里就响起了一片窃笑声。薰子觉得自己有些失态，于是慌忙看向膳场，他似乎根本就没当回事，只是端详着那块稻荷寿司。

“这个能吃吗？不好意思啦。谢啦！正好我有点儿饿。”

说着，他拿起盘子里的稻荷寿司一口吃了下去。薰子小声地叫了起来：“你要好好尝尝味道啊！那可是很珍贵的一个寿司呢！”

是薰子提议将剩下的四个稻荷寿司平分的。她让每个人带回去一个寿司，然后再仔细琢磨怎么找出那个“稻荷寿司男”。既然话已经说出去，那么就要尽全力去做。

“什么嘛。珍贵的一个寿司？我会很仔细地尝味道，放心吧！”

看着满嘴食物还嘟囔着说话的膳场，薰子皱起了眉头。他那什么都一口吃下的样子极像吸尘器。难怪三十九岁了却还没结婚。膳场就是膳场恭一郎，他的美食专访成为月刊上的人气连载。他刚进编辑部时瘦得像皮包骨一样，但在专心进行 B 级美食的取材期间，变成了体重超过九十五千克的大汉。

“嗯，味道不错嘛。油豆腐煮得恰到好处，你在哪儿买的？大小合适，米饭中还带着甜味，很像谷中的‘三花’稻荷寿司啊！”

膳场一边用手巾擦着汗，一边像是意犹未尽般地用舌头舔了舔嘴唇说道。薰子立刻精神百倍起来。

“你说的‘三花’是稻荷寿司店吗？”

“对啊。很有名呢！你不知道啊？啊，要不我们这就去看看吧？”

不等薰子回答，膳场已经站了起来。他大腹便便地走到编辑部的白板前，然后在“膳场”和“岛田”上画了圈后分别写上“研究调查”。薰子连忙拿起自己的牛皮包去追膳场。

他们从编辑部所在的饭田桥乘坐 JR 到了御茶水换乘千代田线。由于是工作日的午后，所以车厢里空空荡荡的，膳场和薰子并排坐着。

膳场轻松占据了两个人的座位。

果然，胖子对地球没好处。

抛开对膳场的感谢，薰子在意起了这个问题。此刻她再次觉得毫不松懈地保持体形的自己很值得夸奖。

“为了帮助朋友而从稻荷寿司入手寻人，看不出来你还挺温柔嘛！”

听说了事情的经过后，膳场佩服地说道。

“你朋友也像你一样是个严厉的美人吗？”

什么，美人？！薰子吃惊地耸了下肩。

“是个很漂亮的人噢。但是不会摆架子，给人的感觉稳重又温柔……她是钢琴老师。”

“啊，真好啊！是个清丽的大家闺秀啊！和你截然不同啊！”

薰子悄悄瞪了下有些女气的膳场。

“我朋友已经有六年没什么男人缘了。大概是和前男友分手后留下了后遗症吧，不过，她自己倒一点儿都不着急。现在突然有了一见钟情的对象，我们当然要尽全力去想办法啊。”

薰子想起了三天前聚会时看到的咲子。她的话出奇多，看起来很幸福，两颊绯红的样子非常漂亮。自己有多久没见过那样的她了呢？

“果然，你是面冷心热啊！”

膳场似乎很高兴地又说道。

根津站下车后走了大约五分钟，他们来到写着“三花”的温馨小店。小店门前已经有人在排队，店里的一对老夫妻正在辛勤地工作着。薰子暗中仔细观察着，想确认小店的后厨里是不是有年轻男子。

“给您，十个六百日元。”

这么大个儿的稻荷寿司一个才要六十日元，薰子很吃惊。焦茶色的油豆腐看起来十分润泽，极其诱人食欲。看起来很像咲子带回来的寿司。在找零钱的时候，薰子忍不住小声对店主妻子说道：“对不起，有三十多岁的男人在您这里工作吗？”

“店里就只有我和老公……”

店主夫人沉稳地微笑答道。薰子失望地拿起打包袋离开了小店。

“你不尝尝味道怎么知道啊？”

膳场的声音让薰子回过神来。

“我也想趁着还没忘记刚才的味道时赶紧尝尝呢！这附近的根津神社里有长椅，我们去那里吃吧！”

两个人去便利店买了瓶装热茶后走向神社。

这是一个绿意盎然的世界，甚至能够让人忘掉这里是东京。知了在不停地叫着，宣告着这个夏天并没有彻底结束。走路时用力把脚踩在土地上，那种土地带来的凉爽就通过自己穿的平底鞋传了过来。

好像自从大学毕业旅行后，薰子再没有来过神社。最后一次来神社是和咲子她们一起去的京都。他们在如同回廊般的红色神社入口前的长椅上坐下来。膳场指了指被挡在入口后面的祭神殿道："哎呀，这里好像是叫乙女稻荷神社啊！"

他一脸认真说话的样子逗笑了薰子。薰子用湿巾擦了擦手，随后吃了一口稻荷寿司。

"怎么样？"

膳场有些担心地看着她探身问道。他的样子就像只大熊。细细品尝一番之后，薰子摇了摇头。

"不是。虽然油豆腐的味道一模一样，但米饭的味道却完全不同。那个寿司里的米饭更甜，会让人立刻为之感动。"

紧接着吃了第二个的膳场也立刻露出了沉思的表情。

"米饭的确是不一样。虽然都是关东风味……对不起，是我弄错了。让你白跑了一趟，不好意思啦！"

薰子连忙摆手道："哪里的话。请不要道歉啦！工作时间还要请你陪我处理私事，是我该说对不起才是呢！"没精打采弯着腰的膳场莫名可怜。

“本来是看到你为朋友拼命的样子才想要帮帮你的。”

膳场一边嘀咕着，一边拿起了第三个稻荷寿司。薰子此刻对膳场的厌恶感已经消失。她“嗯”一声伸了个懒腰道：“没关系。能在这里野餐总算是一种放松嘛！我也好久没来过神社了！”

此刻薰子感到豁然开朗。空气中似乎有种淡淡的薄荷香味。为了能够适应工作，她经常休息日也去上班，真的好久没有过类似这样的约会了。想到这里，薰子感觉有些尴尬。自己和礼品组长约会什么的，根本不可能！

过了一会儿，膳场斩钉截铁地道：“好，我们再去吃稻荷寿司吧！”

“啊？”

“事到如今，我们就要把所有类似的店铺都走访一遍，直到找到那个人！一定要凭借美食记者的毅力找到那个男人！”

膳场紧握着拳头道。他的表情前所未有地认真。薰子不知为何觉得很开心，和他在一起的确令人感到愉悦。

“虽然要谢谢你，但是，我可不想因为寿司吃得太多而变得像你一样胖呢！”

尽管薰子的话中语带嫌弃，但她还是高高兴兴地拿起了第二个稻荷寿司。

4

刚一来到青山北街上的一家带有二十世纪九十年代气息的餐厅单间里，满里子若有似无的期待就已经消失无踪了。

坐在北欧风格长桌对面的面孔显然并不是她理想中的样子。没有一个男人的外表能够勾起她想与之交谈的兴趣。他们一个是瘦得像僵尸一样戴着眼镜的小个子，另一个则是汗流浃背、头发稀疏的中年胖子。

“对不起。我听说他们都是一流生产厂家的工程师。”

满里子的后辈——远藤保美眨着她涂抹了厚厚的睫毛膏而显得黑大的双眼偷偷对自己私语道。满里子从容地向她露出了微笑。她已经持续五年每周参加联谊。即便在有男朋友的时候也会尽量出席。她的阅历和刚进公司一年的保美截然不同。

“理科男都这样。今天的应对起来应该挺轻松，下一次再联系的话可就麻烦了。我去对付那个眼镜男。”

在保美敬佩的目光中，满里子转身微笑着走向了男士们。

“我们迟到了。我是在化妆品公司‘波媞’工作的立花满里子。今天是来和年轻人凑热闹的，你们尽管聊有趣的话题吧。”

当和年轻人一起联谊时，表现得最为落落大方的人才是赢家——满里子深谙此道。她在小个子眼镜男的身边坐下，然后将做成店铺 logo 标志的方形鸡肉炖土豆分成几份儿。这实在是一道奇怪的菜。

“初次见面，我是高须雄太，今年二十七岁。”

小个子眼镜男很紧张地递上了名片。满里子扫了一眼这个男人。他的西装以及名片盒的品位都不错，但是长得太孩子气了。尽管如此，满里子还是温柔地问道：“您的工作很忙吧。休息日都做些什么呢？”

眼镜男听到这里顿时眼前一亮。

“我非常喜欢音乐。学生时代，我加入过爵士乐研究社，如果有空的话就会去听 Blue Note。”

哇，真像个女人。满里子感觉很不耐烦。她喜欢充满行动力的体育系男生。她去年交往了几个月的男人就是曾经做橄榄球运动员的电视台员工。

联谊会上几乎没有过与自己理想对象相遇的例子。这一点，满里子很清楚。然而，在百货商店的化妆品柜台工作看起来华丽，但很少能有与男人邂逅的机会。如果自己不主动就不可能会有与异性交谈的机会。

还是咲子厉害啊！

高须似乎开始对爵士乐进行高谈阔论了，这正好让满里子有机会考虑下朋友的事情。

此前满里子无数次地邀请咲子一起来联谊。咲子是个清丽又认真的人，她不会像薰子那样冷场到一句话都不说。但即便如此，咲子却总是拒绝她的邀约。

原本咲子几乎是足不出户的。她总是穿她母亲挑选的连衣裙，虽然都是高级货，但稍有些土气。她的妆化得也很淡。以一个化妆品售货员的眼光来看，这简直是暴殄天物。

“对不起啊，我应付不了那种场合。”

每次看到咲子那带着歉意的笑容，满里子就会有些自我厌恶。

满里子其实也并不善于联谊。

应该说没人擅长这个。坐在这里的人也并不是真心感觉快乐的。

满里子看着夸张地拍着手、兴高采烈的保美陷入了沉思。她们不过是为了不被排除在外而努力装出一副高兴的样子而已。

满里子很羡慕前几天咲子坦白的一见钟情。

看起来她是在极其自然的情形下坠入情网的。只从稻荷寿司这么一个线索入手虽然有点儿愚笨，但就连这种笨拙感都让满里子感觉羡慕。

就在满里子发呆的时候，一个词语突然钻进她的耳中。

“哎，你刚说什么？”

满里子突然反问道。高须有些莫名其妙地歪着头道："你是说惠比寿的阔嘴前辈庆典吗？"

"阔嘴前辈？"

满里子突然来了精神。是的，她想起来了。那是咲子说起的烟火大会的夜晚的事情。那个男人前辈的绰号就是"阔嘴前辈"。

"那是什么啊？那个阔嘴前辈？"

或许是误以为自己的话题引起了满里子的兴趣，所以高须喜悦至极。

"是一个叫作 Louis Armstrong 有名的爵士乐手的绰号。他的嘴很大，所以他的这一绰号就来自有像青蛙一样大嘴之意的'Satchel Mouth'。啊，真高兴你对这个感兴趣。"

看着继续畅所欲言的高须，满里子的大脑在飞速转动着。

咲子好像是说过那个因为急性酒精中毒而被抬走的阔嘴前辈在模仿吹小号吧？

"你怎么了？"

满里子回过神时，高须正担心地盯着她。满里子下定决心要说出事情的真相。

"那个，其实是我朋友的事情……"

"啊？"

虽然满里子有些不好意思，但高须并没有嘲笑她，而是极为认真地听她说着。当她说完后，高须推了推眼镜严肃地说：“那个‘稻荷寿司男’应该是某个大学里的爵士乐研究会成员。”

“爵士乐研究会？”

满里子吃惊地道。

“不是吗？全是男人的团体。不看烟火却热衷于模仿 Louis Armstrong 的表演，这只能说他们是爵士乐研究迷了。”

“的确是……”

“还有他说了‘迎新会’‘前辈’之类的词。那应该理解为是大学里小组成员间的饮宴更加合适吧？”

满里子很佩服他的推理。她早已忘记这里是联谊会。保美从旁不可思议地看着满里子和高须两个人头碰头地聊得起劲儿。

“都内的大学爵士乐研究会啊？范围好广啊！”

满里子刚叹息着抬起头就看到了高须的笑容。他那充满自信的样子很有魅力。

“不对，也许会意外地好找呢。可以放出风声去找能够模仿阔嘴表演的男人。爵士乐研究会成员非常团结，即便在毕业后也是一样。我到现在偶尔还会在爵士乐现场演奏茶座里与其他大学成员联手演出呢。”

“啊？你会乐器？”

“也没什么大不了的，我会一点儿萨克斯。”

满里子立刻对他有了新的认识。她曾经对电视上演奏萨克斯的男人着迷不已，觉得拥有能够驾驭乐器能力的人都十分性感。

“如果方便的话，请让我帮着寻找‘稻荷寿司男’吧，我可以向认识的爵士乐研究会校友打听一下，看有没有什么线索。”

满里子决定先拜托这个男人帮忙试试。这一想法让她顿感心中一阵温暖。这种感觉已经暌违已久了。

“总之，我一定会促成这段恋情的。钢琴老师和爵士乐研究会成员可真是相配啊！”

“确实！非常感谢你。”

“下次，如果您方便的话，能和我一起去爵士乐现场演奏茶座吗？在那儿会遇到很多大学爵士乐研究会的成员。”

满里子已经半年之久没有在男人面前打开她的 Hermès 日程本了。

5

“嗯。果然还是不一样。”

厨房里，由香子正抱着胳膊叼着汤勺。她看了看新婚时起就小心使用着的橙色珐琅锅，麦芽糖色的煮汁中正煮着油豆腐。

“果然是不需要味淋啊。不过，那种浓厚的甘甜到底是什么啊？”

要不要把冰箱里的稻荷寿司解冻了看看呢？再吃一次的话应该就能再现那个纯正的味道了吧。

不行。由香子用力摇了摇头，她的发型还是学生时代的娃娃头。

那是咲子给的重要线索，绝对不能浪费。

总之再研究一下吧！由香子在刚刚煮好的油豆腐中加入米饭，做成了四个稻荷寿司。她将它们盛放在加厚的白瓷盘子里，然后急忙拿出手机，利用拍照功能拍了一张照片后发送给电脑。随后她将盘子拿回了厨房。

坐在客厅的桌子边，由香子打开与丈夫合用的笔记本电脑。趁着还没忘，一定要赶快将最新的菜谱写下来。

“每日面包”这个博客是从去年开始写的。博客上只是刊载每天的菜谱与手机拍摄的照片，虽然博客的读者不多，但依然有访客。写博客变成了由香子每天单调生活中的一个重要习惯。

“今天的稻荷寿司比昨天的甜。配方中用了甜菜糖。喜欢柔和味道的人推荐尝试。”

由香子一边敲着键盘，一边用单手拿着寿司吃。味道不对。那个寿司的味道并不是这样平淡的，这完全是属于自己的味道。

那个寿司里的甜味儿要更加吸引人。

或许是因为由香子手小，做出的稻荷寿司歪歪斜斜，看起来就不牢固。就像咲子说的那样，那个人的手一定很大吧，所以他才能做出那么量足又味道丰富的稻荷寿司来。由香子盯着自己的手掌看了半天。

她又看了一遍自己昨天写的博客。孕妈妈“玛琳”写的评论最长也最用心。

“最近你好像一直都在埋头研究稻荷寿司啊。你想要获得理想的味道吗？我试着做了你九月十二日发表的加了蜂蜜的稻荷寿司，非常好吃，我的宝宝也很喜欢。不愧是博主啊！”

即便获得陌生人的赞美也会让由香子感到开心。这种因为得到认可而获得的自信让她的心情极为舒畅。

不过，在这段时间，薰子和满里子一定都在寻找“王子”。

言出必行的薰子有担任美食记者的同事帮忙，他们似乎在全东京展开了稻荷寿司品鉴活动。昨天由香子收到的邮件中这样写道：“我和那个同事一起去了六本木以稻荷寿司而闻名的‘O STUNA 寿司’。它的个头要比我想象的小，带着柚子的香味，而且是把油豆腐翻过来制作的。我们还是没有找到。这已经是第十三家店了。”

满里子也在帮忙寻找。她本来是个很不愿意为他人辛劳的大小姐性格，但这次她却让由香子感到很意外。好像是因为她认识了一个对爵士乐很熟悉的男人，于是就和他去了爵士乐现场演奏茶座。由香子不知道稻荷寿司男和爵士乐有什么关系，但满里子似乎自信满满。

再这样下去就会被她们抢先了。

马上就想和别人比较是由香子少女时期养成的坏习惯。

由香子叹了口气抬起头。她看到了满是香草盆的阳台和七楼所看到的一方天空。因为这里距离丈夫工作的食品厂和自己的娘家很近，所以他们在准备贷款三十五年买房时丝毫不曾犹豫。从旗之台站步行五分钟就能到家也让由香子很喜欢这里。

自己在悠然间就已经应有尽有了。但尽管如此，由香子却觉得在和同伴比较时，只有自己丝毫没有成长，也没有接受过任何挑战。这让她很焦急。

在和咲子比的时候，由香子就会感觉到安心。因为和积极恋爱、做事的薰子和满里子相比，她和自己一样都是优哉游哉的。由香子在恋爱方面比较晚熟，而咲子更是有过之而无不及。

由香子比任何人都强烈地希望这段恋情能有结果。也正是因为如此，她非常希望凭借自己的力量来完成这件事。她不想输给薰子或满里子。这是她第一次有这样的念头。

虽然不知道她研究出正确的稻荷寿司配方能有什么用，但她只能这么做。这个配方哪里都找不到。她只能努力地在厨房里调配出那个味道。

“晚饭该怎么办好啊……酱油味已经都吃腻了。”

由香子被桌子上藤编篮子里的东西吸引住了。篮子里放着还没吃完的江米条袋子。由香子拿起酥脆的江米条放在口中咬碎后，一股黑糖的浓香慢慢在口中弥漫开来。

由香子顿时眼前一亮。

“是它！”

由香子不由自主地从椅子上跳起来，跌跌撞撞地跑到厨房。她从厨房的调料架上找出了冲绳生产的袋装黑糖。打开袋子，拿出一点儿含在口中后，由香子露出了得意的笑。

6

咲子已经有四年没坐过京急线的车了。

她住在二子玉川，几乎足不出户。难怪她的生活一成不变。

耳边听到 do、re、mi、fa、sol、la、si、do 的车辆启动声，

咲子陷入了沉思。午后的阳光下，咲子的新皮鞋熠熠生辉。刚才坐在咲子对面座席上的上班族正在偷瞄咲子。

昨天咲子在美容院里耗费了一天。上午她在满里子预约的青山的美甲沙龙和美容院里。然后，她又在表参道的Hills大厦里买了满里子让她准备的Milly连衣裙和Jimmy Choo女鞋。虽然它们花掉了咲子一个月的收入，但是她却毫不感到可惜。

牛仔面料的连衣裙是款勾勒身体曲线的设计，但绝不低俗。在打底衫的领口处露出咲子纤细的脖颈，咲子再次佩服起满里子的品位。

今天咲子还去了满里子上班的地方——位于日本桥的百货商店找她化妆。

咲子并不注重外表。大概是高跟鞋的关系，感觉视野要比平时开阔。不知为何感觉很清爽。如果平时也都是这样该多好啊！

咲子稍有些遗憾。

“青物横丁到了，青物横丁到了！”

听到播音员的声音，咲子连忙站起来。

刚踏上月台，咲子就取出订在一起的资料。咲子认真地不断读着薰子总结的“真田精米店全部资料”，几乎都能背下来了。

“明治三十三年创立。现在的店主真田荣太为第三代老板。他敏锐地捕捉到核家庭化后饮食生活上的变化，并将其反映在商品之上。同时也积极地进行网络销售。他所推出的米饭食谱得到了当地居民的好评。特别是三百克左右的‘原创杂粮米’更是限量供应的超人气盒饭……”

他不仅擅长烹饪，还是一个有头脑的人。想到这里，咲子不禁感到与有荣焉。

出了检票口就到了商店街。大街上全是在购买晚饭食材的主妇，因此热闹不已。咲子一边看着薰子为她准备好的地图，一边坚定地迈开脚步。

两天前的夜里，好友们突然来到她家。她们对摸不清情况的咲子说：“稻荷寿司男找到了！”

“你要快去见他！趁着还没忘记那个味道！”

薰子一脸认真地叫道。由香子也一反常态强势地道：“最后一个稻荷寿司还冻着呢吧？带上那个寿司，然后去青物横丁的‘真田精米店’！那里绝对有一模一样的寿司！”

由香子说完红了脸。满里子也兴奋地说：“我已经给你预约了美容院和美甲店，你一定要打扮得漂漂亮亮地去向他表达你的心意！”咲子听她们说了事情的经过后，知道她们为何会如此确信找对了人。咲子虽然很开心，但内心却逐渐平静下来。

“谢谢你们了。”

终于等到咲子开口，三个人马上闭了嘴。

"能让你们这么为我着想，我真是太幸福了。但是，还是算了吧。"

满里子听完咲子的话后惊得目瞪口呆。

"啊？你说什么？"

另外两个人也惨叫了起来。

"对不起。最后我还是不能自己主动一点儿。我以前的男朋友也总是这么说我。他说我不独立，和我在一起没意思。"

"那个花心大萝卜的话，你还是快点儿忘了吧！"

薰子凶神恶煞地喊道。咲子怯懦了一下，然后继续道："看烟火的时候是我没有主动问他联系方式。即便我们有机会再次相遇，也不可能发展成为恋人。即便我们奇迹般地开始了交往，也不可能顺利进行下去。是你们帮我找到了他，不是靠我自己的力量。我并没有你们那么坚强。"

"咲子是个笨蛋！"

由香子大喊道。大家都吃了一惊。她们第一次看到沉稳的她出现这样的情绪。

"能够找出那个人并非只是靠我们的力量。里面也有咲子你的努力啊！"

咲子吃惊地看着由香子。

"我们能做到这一步，都是因为我们非常喜欢咲子啊。是你打动了我们。所以别再说什么朋友的能力、自己的能力之类的话了。老是和朋友比来比去的人生多么无趣啊。”

薰子和满里子也急忙附和道。

“是啊。你要勇敢！再怎么也要试一试啊！”

“维系与男人的关系的手段我有的是，我会教你的。所以你要去见他啊！”

当时咲子的身体莫名燥热起来，她在钢琴前坐了下来。

今天能够来到这里都是因为大家的帮助。

再走几步就到真田精米店了。咲子一边这样告诉自己，一边用力地一步步向前走。她在努力压抑着想要逃跑的冲动。

这是一家店面很大、看起来极有历史的商家。咲子鼓足勇气喊道：“有人在吗？”

店里面没有人。收银台里面摆放着年代久远的精米机。

令人感到耳目一新的是，这里就像红茶店一样，将各种不同种类的大米、谷物等都装进大瓶子里展示出来。瓶子上还细心地添加了介绍口感、营养等的说明。在明信片商店里常见的旋转式架子上摆放着很多米饭菜谱。认真观察的咲子还在其中发现了一些业余爵士乐队演唱会的情报DM，咲子扑哧一声笑了出来。

食品展示架上摆放着盒饭，上面还贴着标签和价格。它们中的一个很快吸引了咲子的目光。

“最具人气的稻荷寿司三个一百八十日元，黑糖带来的浓郁好味道！”

咲子小心翼翼地拿起塑料包装袋。塑料袋用橡皮筋扎起来，里面三个润泽的黄金色的稻荷寿司把袋子占得满满的。

咲子快速将放在包里带来的用保鲜膜包着的稻荷寿司放在了它们旁边。寿司从家里带出来时还是冷冻的，现在已经自然解冻了。

“就是它……”

就在咲子感叹的瞬间，她的身后有人说话了。那是咲子曾经听到过的低沉的响亮的声音。

“欢迎光临。真是抱歉，刚刚我正好去送货了。”

咲子缓缓转过身，那个人就站在那里。

“啊！你是……”

他吃惊得张口结舌。像那晚一样，他的头上裹着毛巾，身上穿着随处都能买到的 T 恤衫。即便如此，他的样子还是很帅。

咲子激动地走向他，莫名地将“水晶鞋”递给了他。

“你的手好大啊。”

最后一个稻荷寿司安安稳稳地放进他的大手中。

他的眼中带起了微笑。咲子也放心地露出了笑容。她不知该说些什么，只是默默地看着他。

谢谢你们。还有，非常感谢由香子的味觉。

7

“不愧是由香子啊！竟然能够想到把配方分析出来，然后在网上贴出来！配方中隐藏的黑糖都被你发现啦！”

薰子吃着稻荷寿司说道。说着，她还在青草地上伸展了一下四肢。从去年开始喜欢上走访美食的她已经有些发胖。她换了一副红框眼镜，原来的短发也已经变成披肩发。

“嗯。虽然我很不服气，但还是甘拜下风啦。还是由香子大人厉害！”

满里子从遮阳伞下探出头道。现在才只是四月，但是紫外线却异常强烈。最近大家都说满里子越来越漂亮了，和以前相比，她现在开始喜欢上典雅的服饰。大概是她一直都在听 Blue Note 的关系吧。她不再染发，黑色的长发点点生辉。

由香子一边制作三叶草花冠，一边微笑起来。多摩川水面波光粼粼，河边绿意映照其中。

继咲子之后，薰子、满里子也相继交了男朋友。因此最近四个人很难聚在一起。能够下定决心提议来野餐真是太好了。

这里有三棵巨大的樱花树，是个很隐蔽的赏花好地方。由于这里是远离车站的堤坝，因此往来的行人也很少。

“咲子能够找到真田可不是靠我的力量。多亏了我的博客读者‘玛琳’——不对，该叫她海野女士。是她在我的博客评论里留言说‘这个和我家附近米店里教的做法一模一样’的。”

“哎呀呀，你连这种小道消息都能利用上，真是了不起啊！我就只剩吃太多的稻荷寿司而发胖了。现在我都不能笑话我男朋友了。”

薰子耸了耸肩道。虽然嘴里这么说，但很快又拿起了第二个稻荷寿司。

“我和膳场一直都在寿司店里转悠，没想到他竟然是米店老板。”

“我也是呢，结果成了和男朋友一起去看业余乐队的演唱会。没想到真田他们参加的是相声研究会啊。难怪怎么找都找不到。”

满里子麻利地打开包装袋将稻荷寿司送进嘴里。和她的口红颜色很搭配的指甲油让她的指尖看起来更加优美。

“不过啊，真田真的是和商店街上的朋友们组建了一个业余乐队啊。阔嘴前辈也的确曾经是 YouTube 上有名的搞笑艺人。高须的推理也没有差得太远嘛！”

由香子边说边从保温瓶中倒出热茶。

“不行啦。还是由香子厉害！这个稻荷寿司也和真田做的一模一样！”

“嗯。但这个还是比不上真田又大又凉的手捏出的豪爽的稻荷寿司。”

“要不今天比比看吧？咲子说会带她男朋友来吧？那他们肯定会带稻荷寿司吧。”

“薰子最近还真是贪吃啊。不过咲子他们来得好慢啊！”

“好了好了。我们就慢慢等着他们两个来吧！”

三个人头上的樱花花瓣如烟火般漫天飞舞。

羞怯的甜面包

1

据说马塞尔·普鲁斯特用松糕泡红茶来唤起自己童年的记忆，而能够唤起我——深泽由香子——回忆的则是“甘食”。大家知道“甘食”这种点心吗？现在已经很难找到它了。它是一种口感介于蛋糕和面包之间的烤制点心。它的大小如同手掌一般，中间会隆起形成一个锥形。

咬上一口“甘食”，我就会想起第一次离开家人度过的小学三年级的暑假。或许是因为它那种膨胀的圆形让我联想到了孕妇吧。当时，我妈妈正在住院准备生弟弟。我被安置在外婆家。外婆家距离四谷车站很近，那里的街道有很多狭窄的坡路和台阶。曾经是三弦琴老师的外婆在自己开设的家庭教室里忙忙碌碌，而我则坐在家里的套廊上盯着小胡同发呆。

我和阿浓就是在那时相识的。我从房子的栅栏间看到阿浓带着雀斑微微扬起的脸，她就像我的老朋友一样对我露出了微笑。听说彼此同年后，我们很快便亲近起来。我们每天都在街中心的水池边见面，给水池里的鲤鱼喂食。我们有时会玩捉迷藏，有时用蜡石在石头台阶上画画儿，我们会去多事地喂养别人家里的狗，还会在听到别处传来的钢琴声时一起合唱。

阿浓很勇敢。她想出了很多游戏，是个快乐的女孩子。而她的另一个魅力就是时常带来的甘食了。

“这是我妈妈烤的。”

她会有些得意地将包在餐巾纸里的一些点心分给我。那点心绵软，带着鸡蛋和黄油的香味儿，外表却又十分松脆。它的确会让我感受到“妈妈的味道”，于是我就会更加想念妈妈。总是大方地将她心爱的甘食分给我，毫不做作地喂鲤鱼和小狗的阿浓慷慨大度，是我崇拜的第一个偶像。

由于母亲早产，某天夜里，我突然被叫到医院，然后就直接回了自己家。弟弟出生后，我每天都很忙，彻底将阿浓忘了。当我感到后悔时为时已晚。

我没有办法找到她。虽然我问了外婆和住在附近的邻居，但他们都说不知道。我不知道阿浓的姓名，也不知道她的住址。就那样过了几年之后，我的外婆去世了，她在四谷的房子也被卖掉改建成了公寓。

留给我的只有甘食带来的回忆。

上了中学后，我很快交到了三个好朋友。我们每个月都会办一次聚会。为了带给大家惊喜，我做起了点心。我开始挑战曲奇饼干或者磅蛋糕，而且手艺越来越好。于是，我想要尝试着再现出记忆中阿浓带来的甘食。

在不断出错后，我终于总结出了这一做法。烹饪能够唤起人的珍贵回忆。我希望能有更多的人收获这份喜悦。编写此书正是出于这份心意。

平成二十二年 五月三日

深泽由香子

由香子好厉害啊！

这个只要稍加修改就可以成为与《每日面包 深泽由香子的每日菜谱》相得益彰的开篇随笔了。

深夜两点的“Sancho Panza 出版社 图书部”里，薰子舔着干干的嘴唇，关掉电脑里的文件夹。清脆的键盘敲击声在无人的办公室里响起。

虽然是由博客整理而成的菜谱，但这是薰子第一次担任书籍编辑，成为书籍编辑是她入职前就有的梦想。而且这位作者还是她的好友。这种机会真是少之又少。薰子的目标是让这本书成为畅销书。

我要让由香子成为日本的玛莎·斯图尔特！

薰子感到自己的内心深处斗志昂扬，她喝光了今天的第三罐红牛饮料。去年开始，薰子的体重一直不断上涨。她不再去健身馆，一向喜爱的紧身牛仔裤也被束之高阁。

“辛苦了，岛田。你还真是拼啊！”

办公室的大门被打开，一个细瘦的中年男子走了进来。他用胳膊抱着一个纸袋。他憔悴的脸颊与毫无神采的胡子很相配。他穿着剪裁得体的西装，使到处都是纸壳箱的办公室顿时蓬荜生辉。薰子连忙推了推眼镜，摘下别在刘海儿上的发夹。

“膳场、膳场，不对。总编，您辛苦了。”

“你瞎闹什么？”

膳场向薰子走过来，然后在她光滑的额头上轻轻一点。薰子马上就倒在身边的椅子上，快乐地盯着他看。

自己和膳场前辈交往已经半年了。

他早已今非昔比。从美食记者一跃成为《月刊 男人的珠宝箱》总编的他因为发起杂志改革而工作增多，在短短数月中瘦了三十千克。在他脸上的赘肉消失后，整个人都变得干练起来，这让部下们大吃一惊。

“自从你调到图书部，咱们都没时间好好说话了。啊——真是怀念咱们到处寻找稻荷寿司店的日子啊！有时间咱们去浅草或是别处玩吧？我在那里找到了很好吃的鳗鱼店。大黑家的炸虾盖饭也不错。”

“啊，好。”

薰子忐忑不安地看着键盘道。自己这么紧张让她感到有些不好意思。早先自己还总会因为膳场开她的玩笑而假装和他吵架呢。

膳场的目光落在薰子的手边。从由香子的博客中打印出来的菜谱和连载杂志《由香子的待客日记》剪裁后做成的笔记堆得到处都是。看到这些东西上如花瓣般不断“盛放”的便签和用红笔画的线让他笑眯了眼。

“刚才我也稍微看了一下由香子的博客，一天的访问量已经超过十万人。不过是延迟五天更新，评论就已经蜂拥而至。而且她每一个配方的分量都很好掌握，制作方法也很简单明了。难怪会受欢迎。不愧是岛田啊，竟然发现了这么有才能的人。”

薰子开始麻利地收拾起桌面。不经意间，她的目光停在了由香子的照片上，那是用来作为杂志中作者简介的照片。她像是被吸引了一般将那照片握在手中。

“我什么都没做。别看由香子看起来文静，其实她胸怀大志呢。我一直认为她有一天一定会出人头地的。就这样做主妇真是太浪费了……”

感受到膳场的视线，薰子慌忙摆出笑容。

“去年《天然妈妈》中的烹饪页面出现了空缺，因为看到秋山前辈很为难，所以我才说出有个做烹饪博客的朋友，我只是让大家认识了由香子而已。”

“本来打算只做一期的，但因为读者反响太好，所以就做成了连载。因为这种相乘效果也让她的博客大受欢迎，所以才会决定出版成书。真是了不起啊！由香子也会因为你是责任编辑而感到很轻松吧？”

薰子瞬间表情一僵。膳场开心地打开了纸袋。

“听了由香子引以为傲的甘食故事后，无论如何都想尝尝看。来，我为了取材去了趟本乡三丁目。明月堂的甘食听说很有名呢！”

“……正好我也饿了。谢谢你。”

薰子接过塑料袋中包着的甘食面包。面包烤成了漂亮的红棕色。轻轻咬上一口，一股鸡蛋与牛奶的香味随之漫延开来。薰子那被咖啡与功能饮料麻痹的舌头也得到了温柔的抚慰。

“不想喝点儿牛奶吗？”

膳场开心地探身过来。

“这个虽然很好吃，但还是比不上由香子的甘食面包。”

“啊，是吗？为什么啊，为什么？”

他带着极为明显的失望神情低下了头。薰子突然想起他以前那像熊一样的体形，不由得咧嘴笑了起来。

太好了。还是以前的那个组长。

薰子摘掉眼镜，开始慢慢地擦起来。当薰子发现时，膳场已经变回了随意的语气。

“唤起儿时的记忆什么的，果然还是由香子厉害啊！烧焦的黄油与少许味淋的味道。那种香浓又润泽的感觉真是让人欲罢不能。咲子和满里子非常喜欢呢！这个配方一定要加到书里去。书做好后我想把封面做成甘食面包。”

“我也想尝尝看呢。下个月就会在广尾的摄影棚工作室开始摄影了。到时候我也要去观摩！不过我是去试吃的。”

薰子意味不明地笑着重新戴上了眼镜，她打算起身泡杯咖啡。

但是——薰子一边给咖啡壶加装过滤网，一边感受着内心的抽痛。即便是恋人，他们也是同一个公司的同事，这件事绝对不能说。距离图书发售还有两个月，但由香子却做不出点心了。

2

窗帘一直拉着，分不清现在是黑夜还是白天。

阳台上的香草现在怎么样了呢？微暗中只有笔记本电脑闪现

的微光让房间明亮了一点儿。由香子拿起第三块多米诺比萨，尝也不尝就将五升的瓶装碳酸饮料灌下去。桌子上叠放着装比萨的空盒子，几个开了袋的点心也散得到处都是。由香子懒散地缓缓拖动着鼠标，论坛好似延伸到大地底层般一点点推移着。

〈大吃货〉深泽由香子揭秘 9〈自恋〉

由香子空洞的眼神看着对于自己的谩骂攻击。她已经习惯了网上对她容貌的揶揄之语。最初看时她差点儿因为打击过大而晕倒。的确，由香子的眉眼看起来十分孩子气，即便恭维也谈不上是美女。明年就要三十岁的她，身材却像个孩子。就像他们所说的那样，她的确没有上镜的容貌吧。因为薰子的恭维话就在杂志上露面的自己真是太愚蠢了。而现在读来仍会让她感觉想哭的是这样的话：

〈深泽由香子的菜单全都不是原创的啊〉

〈她完全是受了有元叶子的影响嘛。装盘和切菜方法什么的都是。啊，她用醋的方法也很像高山直美〉

由香子茫然地看向在宜家购买的书架。有元叶子、高山直美、飞田和绪……书架上全都是她最喜欢的研究家们的书籍。每一本书中的每一个菜单她都反复练习过，而且全都记了下来。磨破的封面以及书页上浸染的调料，她都喜爱至极。毫无疑问，他们的菜单已经成为自己的一部分，这是事实。如果说她是盗窃，那么她也觉得真是如此。

一星期前，她随意搜索了一下自己的名字，然后发现了这些之后，由香子再也做不出点心了。她的微博更新也暂停。这种时刻，她的丈夫并没有在身边支持她。在食品公司工作的丈夫半年前调去了澳大利亚。

在由香子正要拿起第四块比萨时，门铃连续不断地响起来。一定是推销报纸的，不管他。

钥匙插入发出的微小声音从玄关传来，由香子的身体一僵。开门声传来，几个女人的大嗓门以及高跟鞋与地砖碰撞出的声音也一并传了过来。

“由香子，你在吗？不好意思，我用了你原来给我的钥匙。”

“哎呀，这个房间什么味儿啊？好像很久都没打扫了！”

“嘘！满里子，注意你的发言。好了！由香子捕捉计划，开始！”

啪嗒啪嗒的脚步声响起。由香子想起自己还穿着睡衣。这些天，她一直都没有换过衣服。别说洗澡了，她连脸都没有洗过。就在她匆忙想要逃进卧室的瞬间，房间里的灯亮了。转瞬间，由香子已经被纤细的胳膊架住。看看那长长的手指，由香子就知道那是做钢琴老师的咲子。洗发香波与香水的甜香温和地刺激着由香子的嗅觉。

“我们都担心死了。你电话一直都打不通啊！”

由香子战战兢兢地回过头，她看到泫然欲泣的咲子的脸。她本是个端庄清丽的美女，自从交了男朋友后变得更加漂亮。她的脸颊与嘴唇泛着粉嫩之色，是美到让人吃惊的女人。由香子被咲子架着坐在了沙发上。

浴室里响起哗啦哗啦的洗澡水声。热气慢慢蒸腾起来。

窗帘唰的一下被拉开，耀眼的阳光下投射出满里子如同可乐瓶般凸凹有致的身体曲线。她用力地打开玻璃窗，冷风马上吹了进来，令人清醒的鲜艳的绿色裙子随风摆动。阳台上的满里子压着头发惨叫道：“怎么回事！迷迭香和香茅都要死了！得快点儿浇水啊！”

她再次看了看房间，由香子的脸红起来。装比萨的空盒、散了一地的塑料瓶。这种样子被自己的好友看到，由香子实在很无语。

薰子很快固定好头发，露出了形状优美的额头。她快速将空箱子搜罗到一起，然后将它们放进垃圾箱。她卷起衣服袖子，露出白花花的手腕。她看向由香子正开着的电脑，随后很快就皱起了眉头。

还没等由香子阻止，薰子已经切断了电源。

“这个样子绝对不行！真是没法看了！你家的吸尘器呢？”

在厨房的水槽里为水壶灌满水的满里子看着由香子皱眉道：“由香子，你的肌肤太干燥了。真是可惜了你这身婴儿肌。我猜你就会这样，所以我带了公司里的基础护肤品来。你赶快去浴室。等到毛孔打开后，我这优秀的化妆品店员就要给你来个全身按摩了！”

“快啊，快去浴室！”

咲子出乎意料地强势抓住了由香子的手腕，然后强拖着她到了换衣间。咲子连睡衣都要帮由香子脱，由香子慌忙自己解开了纽扣。咲子接过由香子脱掉的衣物，立刻扔进洗衣机。浴室的门打开了，由香子被押进散发着呛人的桃子香气的浴室。

“我放了好多的Sabon亲密桃子浴盐。据说桃子能够消除厄运。”

咲子的高亢声音与洗衣机的转动声一起响起来。由香子将脚慢慢伸进浴缸，洗澡水非常热。由香子有一瞬间的犹豫，紧接着她用力闭上眼睛沉入水中。热水的久违之感让由香子身体各处的血液开始游走。她感觉到自己僵硬的后背和脖子慢慢舒缓开来，因此不由得发出了一声喟叹。

在甜香的包围中，由香子仔细地洗净了身体和头发。她换上浴袍，战战兢兢地在起居室里露了面。房间里收拾得干干净净，此前的一团糟仿佛都是一场梦。在擦得十分干净的桌子上摆放着色泽诱人的饭菜。由香子在大家的催促下坐下来。

“平时总是被由香子招待，所以我也学了不少呢。不过我只给男朋友做过菜。像是越前煮和温野菜的腌菜啦什么的，当然还有稻荷寿司！”

咲子羞怯地微笑着倒了杯小茶壶中的热糙米茶。她的恋人真田是米店的老板，因此咲子带来了足量好吃的米饭。

“我带了 Celeb de TOMATO 五彩什锦西红柿。糖朝的杧果布丁在冰箱里冷藏着呢，一会儿当甜点吃。”

满里子在由香子洗完澡后的肌肤上拍满了化妆水，像是要把她裹住似的，然后又为她涂上了乳霜。

“什么嘛。我也带来了默林的炸猪排三明治和成城石井的‘八仙蜜橘’。谁都没有做菜嘛！我们还真是百无一用啊！”

薰子耸肩调侃道。由香子终于露出了一丝僵硬的笑容。三个人如释重负地相互看了看。

“谢谢大家。总觉得……与别人见面很可怕。也没有回薰子的邮件，对不起……我完全想不出新的菜谱了。”

“没关系！你原来写的文章和菜谱已经够用了。距离摄影还有一段时间，好好调整下心情吧！封面照片已经定好用甘食面包和由香子的特写。”

由香子的脸色瞬间一变，这并没有逃过咲子的眼睛。薰子将稻荷寿司塞进嘴里后露出了一个明媚的笑容。

“由香子太过在意别人的评价了。只要是工作，总会有人感觉到不满意或是挑剔的，这是家常便饭嘛！我刚开始写记名报道时也被人在网上狠批过呢！”

“我也是呢，我被叫去店里的咨询室，被人指名道姓地教训都不止一两次了。他们还说什么护肤部的职员立花魅惑男性。化妆品柜台哪有男人来啊！”

满里子一边拧紧乳液瓶盖，一边噘着嘴道。

“我也被学生家长抱怨过呢。还有人会对发表会上的钢琴选曲感到不满意……”

咲子一边剔除着迷你西红柿的蒂，一边神色郁闷地说道。

“啊！是那个老妖婆！好像是哪个医院的院长夫人来着？！”

薰子一边拿起第二个稻荷寿司，一边煞有介事地插嘴道。

“这话有点儿过分……她也不管自己女儿学到什么程度，非要让她弹完全不适合她的曲子……真是让人受不了。”

“那孩子是叫亚里沙吧，才五岁就穿十万日元的毛衣是吧？”

满里子也语带揶揄地插嘴道。咲子轻轻点点头，将红色的果实送入口中。

“任性又不喜欢练习。而且，这个孩子的妈妈还总是劝我去和医生相亲……”

“啊？她还管这个啊？”

由香子吃惊地道。咲子无力地笑了笑。

“嗯……她对我说，就算是老师也要抓紧相亲，要不然就来不及了。她人倒不坏。”

薰子皱着眉，一副受不了的样子。满里子也夸张地把身子向后仰了仰。

“这种闲得没事干的阔太太最让人烦了。你要告诉她，你已经有个非常非常爱的男朋友了！”

“你看吧，由香子。不只是你，我们也都会遇到倒霉事呢！”

薰子讨好地看着由香子的脸道。但由香子依然消沉。

“……用我这样平凡主妇的博客来出书真的好吗？我都没有系统地学过烹饪。我的菜谱只是受了自己喜欢的烹饪大师的影响……被人说是抄袭也是难免的。”

满里子带着从容的笑容道：“你看，你又这么说了。世界上本来就没有完美的菜谱啊！大家都是因为憧憬着什么才能够出人头地啊。我也是受了碧姬・芭铎还有加贺麻里子的化妆以及时尚的影响啊！这也能叫抄袭吗？”

“但是……那个甘食面包的味道就是我模仿朋友妈妈的面包做的。”

由香子泫然欲泣地低下了头。咲子的手温柔地搭在她的肩上。

“薰子已经看过你写的随笔了。那绝对不是抄袭，你是有才能的，由香子。你的‘八分钟奶油鸡肉派’连我都能学会呢！你要更有自信啊。”

“但是……那个甘食面包的做法并没有获得人家的允许啊。”

“那也是没办法啊。你又见不到阿浓。”

薰子有些烦躁地用力吐了口气道：“反正那些都是没事干的主妇在忌妒你！她们白天就会开着电脑，什么乐趣也没有，所以才会忌妒由香子！”

“没事干的主妇？白天就会开着电脑？”

几个人察觉到由香子的声音在颤抖，然后大惊失色地互相看了看。薰子心里暗叫着糟糕，连忙用手挡住了嘴。

“薰子……原来你们都是这么想我的？”

“没有那回事啊！”

“反正我既不是美女又没有能力！我的博客受人关注也不是我的实力，那是薰子的功劳！甘食面包也是抄袭来的！我是个让你们这么帮忙却还是想不出新菜谱的废物！”

由香子哭喊着趴在桌子上。然后，她那纤弱的声音又继续道：“你们都回去吧！对不起。今天让我一个人待会儿。”

3

荒木街整体是个凹进去的盆地。下坡向盆地走去时，你能像欣赏立体画卷一般环顾欣赏建在四周斜坡上的建筑物。咲子感觉自己变得十分渺小。被古老的大楼包围的细长天空看上去更加高远。正准备营业的快餐店中传来了收音机里播放的相声。咲子不由自主地听了起来。五月的空气中似乎带着西瓜的香气。

“哇啊！和我看的《TAMORI 俱乐部》里介绍的一样呢！这里可是高度差迷们最向往的地方啊。他们还会故意在这里迷路呢！你看，越往下走，天空就越高了！”

直到刚才都还一直情绪低落的薰子已经开始大喊大叫起来。她穿的 Spick and Span 平底鞋与她的短裤很相配。在长长的楼梯上看得到小胡同与怀旧式的店家招牌等，它们每样都会让人感动，直到她们下了楼梯后还会不时地回头去看那个斜坡。

“快看！已经看不见斜坡路上的汽车了！”

“不过啊，薰子你对由香子的姑姑家还挺清楚嘛！你打电话时，她姑姑在吗？”

穿着短夹克和短裙的满里子有些犹疑地问道。大坡道不适合穿高跟鞋。之前明明说过为了找人，大家今天都要穿便于行走的衣服，但她却偏要穿着“恨天高”的高跟凉拖出门，果然像她的作风。一阵高跟鞋声听上去就像高音“sol”。

“我是看了那篇随笔后知道的。在四谷区域内又有很多坡道和楼梯的地方就是这里了！而且，随笔里面还写了由香子的奶奶是三弦琴老师。以前这里是花街呢。因此才会有很多高级日式餐馆。

走到谷底就会有池塘了。”

“不愧是地图宅啊。我们是‘名侦探柯南’！”

坡道逐渐变窄，前面出现了一个小神社。三个人毫不犹豫地迈进了神社。放了香油钱之后，三个人双掌合十在神社拜了拜，祈祷能够找到阿浓。

被由香子赶出房门的四天后，三个上班族像这样白天聚在一起可不寻常。为了配合周末不休息的满里子，薰子请了半天假。而咲子则必须在教室上晚课前回到二子玉川。

找到阿浓后，她们并不确定能够找回由香子的自信。但即便如此，她们也想尽力而为。平时那个温柔稳重的由香子的改变让三个人极为心痛。

在坡道尽头的一片青翠的常春藤后闪现出了一座古色古香的高级日式餐馆。店门前的领班正在斟茶。原以为走到了尽头，可是向右一看，原来还有蜿蜒向下的楼梯。当她们一级级走下楼梯时，野猫从她们身边蹿过。

“由香子用蜡石写字的石阶就是这里吧。”

“这里对孩子来说是最棒的街道了。总是有种会迷路的紧张兴奋感。玩玩捉迷藏什么的一定很有意思。”

下了台阶后在左手边看到的是一个绿意环绕的小池塘和神社入口处的牌坊。三个人高兴地跳了起来。这种感觉就好像是在高楼大厦间突然出现了世外桃源一样。

“就是这里吧。这里就是阿浓和由香子见面的地方吧。”

池塘的周围设有长椅。似乎走累了的满里子率先坐了下来。薰子开心地望向池塘。咲子也在她身后探出了头。巨大的鲤鱼在阴暗的水底优哉游哉地游着。

“她们就是给这些鲤鱼喂食的吧。这些家伙没准儿还记得甘食面包的味道呢！”

“怎么可能！不过，鲤鱼还真是长寿啊！”

满里子一边捶着小腿一边道。咲子和薰子分别坐在满里子的两边。

“喂喂，你们小的时候有没有觉得奇怪的东西很好吃呀？”

咲子刚嘟囔完，薰子就马上使劲儿点头：“我那时候特别迷冻酸奶。我最近也做过那个来吃，但是感觉完全不一样。”满里子也快乐地道：“我也迷冻酸奶！那时候感觉它就像冰激凌一样好吃呢！咲子呢？”

“我喜欢把阿波罗牌的巧克力掰碎了吃。还有把奥利奥分开来吃。用可可饼干蘸牛奶吃。”

“那时候怎么会感觉那么好吃呢？”

“吃点心的时间就是神圣的召唤啊！”

在她们的斜前方隐约可见以前艺伎的住所和古老的建筑。咲子彷徨了片刻，然后说出了自己的心声。

“也许，阿浓的甘食面包并没有那么好吃。”

“你这不是把所有推断又都推翻了嘛！”

满里子无奈地喊道。咲子不为所动地继续道：“那是小孩子的味觉不是吗？而且阿浓也毫不珍惜地用它来喂小狗和鲤鱼啊，所以她大概不是特别喜欢那个面包吧。而且，由香子那时候非常渴望妈妈的味道，所以才会觉得那个手工点心非常好吃吧！味道本来就是主观上的问题。即便我们以由香子的甘食面包作为线索去搜索，也未必能够找到阿浓的面包味道……”

三个人沉默地看着池塘。不一会儿，不知是谁站了起来，再次走向狭窄的胡同。季末的银桂花在路边盛开着，像是在为她们引路。薰子手中的手机装有Google Earth，她们能够借此找到由香子外婆家的原址。或许那里会有什么线索。

“不过，要是不勉强由香子出书不是很好吗？”

突然，满里子嘀咕道。咲子和薰子都吃惊地停下了脚步。满里子耸耸肩道：“由香子像现在这样就十分幸福了。她没必要非要出人头地吧。”

“啊？你什么意思啊？”

薰子面色不善地逼问道。咲子提心吊胆地看着她们两人。

“并不是所有人都和薰子一样以努力发展事业为目标。现在我也在想，如果我和男朋友结婚了就辞职在家该多好啊。”

咲子和薰子也知道满里子的恋人——系统工程师高须。而且从他们相识开始就一直在支持他们。

“哎，你们都已经到谈婚论嫁的地步啦？”

咲子轻声说道。满里子得意扬扬地抬起了左手的无名指。大家看到她手指上闪闪发光的 Harry Winston 戒指后大吃一惊。

“这只是个礼物。但到订婚也只是时间问题了吧。化妆品部门的工作是个体力活儿，所以我觉得是时候辞职了。我也到年纪了，可不能再像以前那样拼命研究化妆。可能也是因为就算被高须看到素颜也无所谓了吧。我觉得变成全职太太，然后悠哉地学些东西或者研究烹饪也不错啊。”

薰子用右手紧紧握住左手腕，随后语带轻蔑地道：“怎么，满里子你是会说这种话的人啊。我原以为你是无论怎么对着男人撒娇，最后都能独立的人呢！”

“哇，咲子你听到了吗？她这是什么时代的人啊！不过，薰子你也太小看全职太太了！这话要是传到由香子那里，她一准儿就得闭门不出了！”

“你什么意思？”

“你要是一直这么干脆利落，那个又瘦又帅的膳场指不定就要劈腿了！”

“好了，你们两个别吵了！”

快急哭了的咲子打断了她们两个。

“没有由香子在的我们果然还是不行啊！”

在咲子无力地说出这句话后，她们身后突然传来了狗叫声。三个人回头看去，一户农家大门的缝隙间露出了一条黑狗的湿鼻子。大概它被薰子与满里子的气势汹汹吓到了，深蓝色的眼睛盯着她们，并且发出具有威胁性的叫声。

“这条狗！”

满里子像要推开咲子似的向前迈了一步。她神情古怪地蹲身看着狗的鼻尖道：“这不是史奇帕克吗？！”

“史、史努比？”

薰子莫名其妙地问道。满里子白色的手抚摩了一下这条狗后，它很快就兴高采烈地将鼻子凑过来撒娇。满里子转身露出了微笑。满里子养了一条狼狗和一条迷你腊肠。无论工作多忙，每晚她都会带它们在自家附近的樱新町街散步。

“史奇帕克在日本是稀有品种，以前是牧羊犬。它的寿命非常长，有的甚至活到了二十二岁。这孩子的年纪也不小了。没准儿它就是阿浓和由香子一起喂的那条狗呢？或许它的主人还会记得她们两个？”

“阿段，你怎么了？”

沉稳的声音传来，三个人一下子挺直了身体。她们抬起头，看到一个围着围裙、品位高雅的老妇人正看向她们。咲子连忙露出笑容道：“不好意思，想向您打听点儿事情……”

咲子偷看了一眼门牌，上面写着“秋元”。打理过的小院子里开着三色堇，向外打开的窗子上装饰着陶制的芭蕾娃娃。

“那个，很久之前你家的狗吃过甘食……那个，您记得有两个小学女生喂给它点心吃吗？这是二十多年前的事情了……”

咲子带着一丝祈祷的心情盯着秋元太太的脸道。过了一会儿，秋元太太的脸上露出了柔和的笑容。

“啊，记得啊。那还是阿段第一次吃点心呢！她们两个像是疯丫头呢。名字嘛……好像是叫小希和由香子吧。”

“小希！”

咲子、薰子和满里子听完兴奋地跳了起来，三个人相互搭着肩膀欢闹着，这让秋元太太感到莫名其妙。

“啊，原来是这么回事！你们真是为朋友着想啊！”

秋元太太为三个人斟上第二杯格雷伯爵红茶并感动地点头说道。应秋元太太之邀，三个人来到她家里的客厅。房间里有带着花边的窗帘，据说秋元太太爱好贴花艺术，房间里的一面墙上满满地装饰着这类作品。咲子等人坐在猫爪形的沙发上说明了一下事情的经过。

“对了对了，她是横山家的孙女，叫作由香子。横山太太开办了三弦琴教室。她是一个很棒的人，但早逝。真是太可惜了。”

“阿浓……小希在哪里呢？”

薰子紧张地问道。

“之前她一直和妈妈一起住在前面的公寓，不过，小学五年级时搬家了。因为她来和我道别了，所以我还记得。”

薰子失望地垂下肩膀，回头看看另外两个人。满里子丝毫没有泄气的样子，她对着秋元太太露出了职业笑容。

“真是非常抱歉，如果您认识那家公寓的房东的话，能请您给我们引荐一下吗？也许他会知道小希母女的下落。”

“那倒可以。只不过已经过去二十多年了，不知道他是不是还记得。”

一直沉默的咲子慢慢站了起来。

“打扰您了。”

她走向客厅一角摆放着的钢琴。用手工制作的蕾丝帘遮盖住的这架钢琴已经成了装饰架。键盘盖上摆放着利用贴花艺术制作的相框。

“这架钢琴是您弹的吗？”

“不是。是我出嫁的女儿的。我可是连音符都不认识呢！呵呵呵。”

“那个，小希来到这里时有没有看到钢琴说些什么？”

薰子“啊”地轻叫一声。咲子向她递了个眼色。由香子的随笔中曾说过，她们两人和着不知哪里传来的钢琴声唱歌。或许那就是秋元太太的女儿所演奏的钢琴曲。

秋元太太思考了一会儿后，脸上突然闪现出兴奋之色。

“我想起来了！小希说她非常喜欢钢琴！对了，好像是在由香子回到她父母身边后吧，小希可能是觉得寂寞，所以来过这里几次，很高兴地看着我女儿弹钢琴。她特别喜欢的曲子嘛，对了！就是那个曲子，叫什么……”

4

“老师，老师，你听到了吗？”

焦躁的亚里沙的声音唤醒了咲子。身高只到自己胸部的学生正鼓着两颊慌张地盯着她看。

“对不起啊，亚里沙。什么事？”

“真是！我是说奶奶给我从迪士尼乐园带回了公主服！”

“好，好。课程结束了我再听你说啊。”

"老师，你为什么不结婚啊？这不是很奇怪吗？你和我妈妈是同年的吧？"

咲子想起昨天亚里沙妈妈打来的催促相亲的电话。咲子疲惫地合上了三角钢琴的琴键盖。她在自家开办钢琴教室已经第七年了。她本应该在上课时更加果断地为学生进行指导的。

"没什么奇怪的。老师的很多朋友也是单身呢……"

想到满里子的戒指，咲子的尾音越来越弱。亚里沙装模作样地想让咲子注意到她穿着的带着精巧刺绣的连衣裙。

"老师还没等到你的王子吗？王子会找到公主，然后向公主求婚的。迪士尼动画里都是这样的！睡美人、灰姑娘、白雪公主都是这样的！"

"王子……"

咲子忽然想起上个月真田说的话。

"对不起啊。那天是阔嘴前辈在浅草花月演出的日子。能让我去吗？"

与他在一起后迎来的第一个他的生日就因为这个原因而错过了。这样的事情已经发生过几次了。阔嘴前辈是他的大学前辈，在商店促销时担任搞笑艺人。真田逐渐承担起了照顾收入不固定、嗜酒如命的他的责任。有时咲子觉得他比自己还要重要。

感觉只有自己在单恋。现在想想，最初就是这样。是她因为一见钟情而借助大家的帮忙才找到了他，而且还是自己主动告白的。根本说不清谁才是王子。

“没关系的。我妈妈说要为老师找到王子呢！”

亚里沙一副认真的表情猛地抓住咲子的手腕说。

“我妈妈什么都能做到！她不会不管有困难的人。她就像灰姑娘遇见的仙女一样，很厉害的！”

咲子突然感觉轻松了。虽然是一对麻烦的母女，但她们却不令人怨恨。咲子想要打起些精神，于是扬声说道：“亚里沙，钢琴发表会快要开始了，你要更加努力噢！断音很不错噢！课程结束后老师给你拿点心吃。”

“唉，我现在就想吃。我饿了、饿了！今天的点心是什么啊？”

没等咲子阻止，亚里沙已经从椅子上跳下来跑到能够看得见庭院的矮桌边，然后打开玻璃容器的半圆形盖子。随后她立刻皱起了鼻子。

“这是什么啊，这不是松糕吗！我讨厌这个。”

“这不是松糕噢，是甘食面包。”

荒木町冒险后的第三天，可能始终在想阿浓的关系，所以咲子在路过面包店时下意识地买了甘食面包。虽然很好吃，但这个味道完全比不上由香子做的。

秋元太太帮忙介绍了公寓的房东，但还是没有小希母女的任何消息。

“有什么不同？”

“不同啊……”

对于烹饪毫无研究的咲子无言以对。她没办法随口糊弄小孩子。如果能问由香子就好了。但自从那天以后，她们连电话都没有打过。发邮件，她也不回。

“该怎么说好呢？嗯……它与松糕中间凸起的形状相似……烤得像蛋糕一样硬？有种酥脆的感觉……”

“松糕原本不就是酥脆的吗？我不喜欢。”

亚里沙大口咬着甘食道。

“这个好像是我外婆做的松糕噢。硬邦邦的一点儿都不好吃。我妈妈也不喜欢吃。”

咲子想要取下沾在她脸上的食物，但突然停了手。她认真地盯着她看了一会儿，又回到钢琴前去看乐谱。咲子的脸上缓缓露出了笑容。

“让睡美人变得幸福的可不只是王子啊。她身边还有三个仙女帮忙呢。”

5

由香子到达春山庄一楼的宴客厅时比预定时间提早了三十分钟。她紧张而僵硬的身体坐进椅子中。在她身边有架光可鉴人的三角钢琴。伴着茶杯与茶匙相撞时发出的优雅清脆的声音，一些人正在闲聊。侍者在各桌间鱼跃穿梭。一切仿如梦幻一般。

就连透过整面玻璃墙看到的漂亮紫阳花也完全打动不了由香子。

这样就不会被嘲笑了吧。

由香子看着自己所穿的出席典礼时才穿的灰色西装暗道。今天她和薰子结伴接受正在刊登自己连载的月刊杂志《天然妈妈》的采访。尽管自己因为没有拒绝的勇气才会答应下来，但她已经决定这是最后一次在公众面前工作。带着这样的心情是没办法做出好吃的饭菜的。自己的博客也要关闭了。一大滴泪珠滚落到由香子的膝头。

“这种随处可见的西装根本不能突出由香子啊！”

由香子吃惊地回过头，原来是咲子、薰子和满里子。由香子下意识地想逃，但被薰子挡住了去路。咲子按着由香子坐在椅子上。手拿着大袋子的满里子走到由香子面前。

“有摄影师来的不是吗？快点儿换衣服、化妆！妆容的主题就是

‘成熟美丽又自然’。没有时间了，咱们用下这里的化妆室吧！”

“什么……现在吗？”

其他客人与侍者不时地看向她们。

“没关系。这里的化妆室比高须的公寓还要大呢！”

由香子胆战心惊地看着她们三个。

“对不起大家了。那个，今天的工作，我拒绝……”

薰子神采奕奕地打断了由香子的话。

“好啦！咱们已经得到当事人的正式许可了。再也不会有人说你是抄袭了。封面就用甘食面包和由香子的特写！”

“欸？”

就在由香子目瞪口呆时，咲子带着一副前所未有的焦急神色向侍者招了招手。

“对不起。我能用下那边的钢琴吗？有急用，拜托了！”

侍者犹豫了一下，但还是迫于咲子的请求而打开键盘盖子、拉出钢琴凳。

“非常感谢。那个，我就弹一曲。”

咲子坐下后深深呼了一口气，然后挺直了身体。她的手指轻轻放在键盘上。宴客厅中的视线都聚集过来。不要在意人们的窃窃私语与看热闹的神情——咲子在心中暗想。她做了一个深呼吸后全神贯注地开始演奏起来。这是一首十分欢快的曲子。咲子的指尖在琴键上轻快地跳跃了几下。离开钢琴，咲子满心期待地看着由香子。由香子如遭雷击般动也不动。

“这个曲子是……”

薰子抓住由香子的手腕。满里子也凑了过来。

“你还记得吗？这是你和阿浓在荒木町听到的曲子，是秋元太太的女儿经常弹的曲子。”

“好像是叫《贵妇人骑马》是吧？是首欢快的乐曲呢！难怪你们两个疯丫头会喜欢呢！”

“难道、你们……”

由香子吃惊地看着另外三个人。薰子用力点点头。

“是啊。我们去那里了。为了找出阿浓。”

满里子一边用手整理着由香子的头发，一边热情地说道：“我说啊，由香子，如果你只是一个人胡思乱想的话就会陷入困境。这种时候最好的办法就是找人来帮忙啊。为了像我们这样不会做菜的女性，你一定要不断研究出新的菜谱，成为了不起的烹调专家啊！”

“由香子只要按照自己的步调行事就好了。不要因为在意别人的看法就抹杀自我。”

咲子的话让由香子泪如雨下，她看向窗外。紫阳花的青绿更加鲜艳起来。

“……谢谢你们。”

“由香子，你看后面！”

由香子回过身，宴客厅的入口处站着一个小女孩。一个穿着香奈儿花边西装的华丽女子正牵着她的手。

女孩儿看着由香子用力地挥着手。由香子一下子惊呆了。咲子对着薰子和满里子露出了微笑。由香子慌张地跑到小女孩跟前，她蹲下身吃惊地看着少女的脸。

“阿浓！”

女孩儿仰头露出带着雀斑的脸颊，然后转头拉了拉身旁那位女性的裙子。

“阿浓在这里啦！她是我妈妈。我是亚里沙！”

6

长长的队列一直从教文馆排到银座中央大街的人行道，然后又在和光转了个弯儿排到 Emilio Pucci。排队的都是二十岁到三十岁的女性。虽然今年的夏季并不炎热，但毕竟现在是七月中旬，她们穿着坎袖衫露出的白色手臂格外显眼。

从步行街走过的人们都好奇地看着她们，想知道她们在干什么。三十分钟前开始排队的咲子正停在 Mikimoto 前面。现在是风很大的下午。从刚才开始，她长长的连衣裙裙摆就不时地在风中飞舞。木村屋烤面包的香气已经飘到这里，咲子越来越期待了。

有人拍了咲子的肩膀，咲子转头看到了面带笑容、穿着利落短外套的薰子。她穿的条纹衫感觉很清凉。咲子调侃地道：“哎呀呀，正在开签名会呢，责任编辑跑到这里来好吗？”

“我这是对受众群体进行研究。是研究！我马上就回去了……没想到那个不是甘食，其实是松糕啊。这情节连马塞尔·普鲁斯特都会大吃一惊吧！”

薰子小心地将《每日面包 深泽由香子的每日菜谱》抱在胸前道。这本她首次担任编辑制作的书终于在历经一番周折之后迎来了发售日。薰子自然是爱不释手。

书页封面的由香子带着羞怯的微笑，她手戴隔热手套拿着平底锅。在她的照片上面是排列整齐的黄褐色蓬松的甘食面包。

“由香子真是太可爱了！”

蓬松的丸子头、雪白的肌肤与如蜜桃般的粉色脸颊，涂了睫毛膏的浓密长睫毛谦恭地低垂着，显得格外优雅。勺子造型的耳环很俏皮。不仅是烹饪，书中洋溢的优雅气息以及生活方式等都让女性迷醉不已。

“由香子能够和亚里沙的妈妈——阿浓——再次相见真是太令人开心了。亚里沙的外婆听说自己做的点心要出书了也非常开心呢！”

“没想到咲子教的学生的妈妈就是咱们要找的人呢！真是蓦然回首啊！她想让自己女儿弹的曲子就是《贵妇人骑马》，还好被咲子发现了。不过，那种松糕的确容易被小孩子误以为是甘食面包啊。表面干巴巴的，形状也是那种……”

“嘘！你小点儿声！亚里沙一家没准儿也在排队呢！啊，化妆师满里子大人登场了！”

满里子脚步轻快地走了过来。她的两手“嘭”的一下放在了咲子和薰子的肩头。

“休息五分钟，然后开始今天的第三次补妆。由香子老师渐入佳境，不枉我请了半天假过来。”

今天的满里子用发圈扎起了刘海儿，而且还少见地穿了裤装。她的腰间还挂着化妆包。简单的服饰更加凸显了她本身的华丽。

“我干脆辞职，然后自己开个化妆工作室吧。怎么说呢，我好像还是很喜欢做化妆师啊。啊，咲子，你最近为了支持由香子都把约会推掉了吧？你男朋友没生气吧？”

“他也重视阔嘴前辈胜过我嘛。我俩彼此彼此啦！”

咲子微笑着道。要说重视朋友，咲子完全不会输给任何人。或许越是相似的男女就越会相互吸引。她还是不要再斤斤计较了吧。

一阵大风吹过，惹得排队的人们一阵大叫。咲子她们却觉得这很有趣，一下子笑了出来。她们的长发被吹起，在银座的夏空中飞舞。

骚动的高杯酒

1

尽管知道自己有些发火过了头，但立花满里子还是没办法让自己激烈的言辞停下来。大概是自己梳的盘发太紧了——这是化妆品部员工的统一发型，满里子感觉自己有些头痛。眼前的远藤保美低着头，一副泫然欲泣的样子。她那娇嫩、幼稚的面容看上去十分可怜，满里子立刻有了一种申斥小孩子的罪恶感。

“你在波媞做化妆品柜台员工几年了？你向客人推荐过商品吗？刚才那位客人只能向她推荐眼影！”

“对不起，店长。我以后会注意的！”

“你要考虑顾客的消费均价！”

保美只是一味地低着头。在展区前走过的女顾客们都偷偷地回头看过来，但满里子的音调还是没有降低。国内最大的老字号化妆品厂家波媞已经顾不上形象了。

“你总是道歉，但是总也不长记性！算了！我去下洗手间。”

不去理会保美乞怜的眼神，满里子抓起放在收银台下方的塑料提包，踩着高跟鞋走了。她知道下属们都向保美聚拢过来，还在她背后小声议论着。

——越是超级美女就越是无法和男人天长地久呢。就算在一起也没办法得到治愈。

满里子停下脚步看向声音的来处。新来的合同工惊恐地瞪大了她那描着粗糙眼线的眼睛。

“那边的人，你来说说这个月的预算！有工夫闲磨牙，看来你的预算早都做完了是吧？”

“啊？啊，那个……”

没等那个员工回答，满里子已经转身走了。满里子虽然在注视着对手厂家的展品，但她的目标却是结婚生子。她根本不想当什么店长。这是在营业部长死缠烂打的恳求下才不得不接受的职位，薪水明明没什么变化，但是工作量却变成了原来的三倍。光是预算定额就要占用她大半脑细胞，心里总是不得安宁。

工作日的午后，百货大楼一楼的化妆品专柜里有很多在此闲逛打发时间的女顾客。她们大概都是家庭主妇吧。尽管服饰并没有多么昂贵，但她们时常保养的头发与肌肤却给人以优雅、年轻之感。

“我的肚子一点儿都没瘦，我老公都笑话我了。跳探戈对这个没用，但是肚皮舞好像有用。”

“好渴啊。咱们去三楼的冷饮厅喝点儿茶吧？”

和满里子年龄相差无几的两个女人说笑着从她身边走过。她们应该是在百货大楼旧址开设的文化学校的学生吧。

按照计划，现在的她其实应该也会在那里。满里子的打算是嫁给雄太做老婆，然后辞掉工作，去专业化妆学校学习。她一直在期待着雄太向自己求婚，但是雄太为什么没发现她的心意呢？他们两个明明交往得也很顺利啊。

满里子与比自己小一岁的系统工程师高须雄太交往已经快一年了。个子小又长了娃娃脸的他开始并不是自己的恋爱对象。在经过一番激烈的碰撞后，他们总算是开始了交往，随后满里子越发被他的温柔和品位而吸引。他熟悉爵士乐与红酒，而且也十分善于利用眼镜与领带等小对象。他们约会的地方也是不能预约的意大利餐厅或者老字号法国餐厅。他总是待满里子如公主一般。虽然他看起来软弱，但能十分大度地包容满里子的任性。

用身体撞开写着“员工专用入口”的门后，立刻传来了油炸食品和潮湿瓦楞纸的气味，这味道让满里子感觉很恶心。百货大楼的后勤部里堆放着从地下一层的熟食柜台到七楼的礼品专柜里陈列的所有商品。它们都凌乱地放在这里。在业务用电梯前，满里子看了看她的 Harry Winston 戒指。虽然它戴在自己的无名指上，但不过只是生日礼物而已。满里子明年就要三十岁了。

上个月开始就一直在加班，满里子几乎没能与雄太见面。今天晚上无论如何都要留出时间来！对了！干脆就去下很久不去的他的公寓，然后做好饭菜等他回来吧！和他约会时基本都是在外面吃，这次也让他看看自己居家的一面。

肮脏的电梯门左右分开后，满载着未组装的人体模特的货车出现在眼前。满里子从那些可怜的人体模特的白色手脚和头旁边经过，它们就那样被人杂乱地堆放在这里。

这天晚上，满里子在与品川站直接相连的成城石井超市里买了东西，然后直接去了雄太的住处。有段时间没来的房间被细心的他收拾得井井有条。满里子将葡萄酒冰镇，然后又做了意式卤汁面条，满怀期待地盼着雄太早点儿回来。

过了晚上十点才到家的雄太已经喝醉了。即便看到出现在玄关、穿着围裙的满里子，他也只是看着她傻笑而已。虽然满里子捉弄般地吻了他，但他没有任何反应。除了酒味，满里子还闻到了雄太口中有种酸酸甜甜的清爽味道。这是什么味道啊？就在他终于开口说话时，满里子以为自己听错了。

"雪子，再来一杯高杯酒——"

他刚一喊完就倒在了玄关。他的眼镜掉落了，就连耳朵都红了。满里子或许是第一次看到他这副邋遢样子。满里子生气地摇晃着雄太：“你说的是谁啊？是谁？刚才你叫的雪子是谁？”

“唉……啊！是我高中同学啊。我在管弦乐社团的好朋友雪子。”

他表情迟缓地说了起来，随后似乎有些醒酒了。

“那家伙最近来东京开了一家酒馆。因为就在我公司附近，所以经常顺路去喝一杯。怎么说呢，她做什么都好吃。自制蒜头、火腿炸肉排、土豆沙拉，无论哪个的味道都是那么令人怀念。”

满里子还是第一次听他说喜欢酒馆里的菜。

“还有高杯酒！她家的和别人家的完全不同！刚喝下时感觉凉快，随后就会感觉非常清爽，我能喝好几杯。”

满里子的视线不再看眯着眼睛的雄太。刚才接吻时的味道再次苏醒了。满里子不仅觉得愤怒，还有一种不断扩散的骚动的不安。

“难不成，你和那个叫雪子的人谈过恋爱？”

雄太愣了片刻后随即笑得前仰后合。

“我和雪子？没有啊。怎么说呢，她就像我姐姐一样，我可从来没想过别的。她只是我非常好的朋友而已。”

“男女之间怎么可能会有真正的友情！”

满里子不由自主地尖声说道。满里子从来没有结交过男性朋友。从她十岁时起，只要异性与她单独在一起就会向她表白。果然还是只有和同性在一起才能安心地交朋友、真心互相帮助。

“你是女校毕业的，当然不明白啦！一起学习时不分男女，大家在吵吵嚷嚷中就会建立起纯洁的友情。”

“什么嘛！你是看不起女校吗？女校出身就意味着黏人、阴郁、孩子气，不能与人交往吗？”

“没有，没有。总之，雪子只是普通朋友。不过，那些菜肴可真是让男人按捺不住啊。你一定也会喜欢的。下次咱们一起去吧！”

满里子忍无可忍地嚷道：“什么嘛！那些东西我也能做！”满里子摘下围裙团成一团。她就这样直接冲出了公寓。

2

看着用白色修长的手指紧握着大酒杯，扬起纤细的脖子就将啤酒一饮而尽的咲子，三个好友一下子惊呆了。

“感觉好新鲜啊！呜啊——”

京滨东北线在头顶上驶过，小店的桌子、天花板与柱子都在微微震动。毛豆皮积成的小山也塌了下来。

“嗯？我脸上沾了什么东西吗？”

咲子表情认真地问道。由香子停下了在彩纸上飞速签名的手。为了压过周围的谈笑声，她大声地说道：“没什么，就是以前没发现你这么能喝嘛。真是太意外了。”成为烹饪家的由香子去商店购物时，越来越多的人会从旁边出来要她的签名。她开办的烹饪教室人满为患，时常上电视与杂志的这位名人穿着白色的圆领衬衫，光亮的脸颊稚嫩得令人不敢相信。由香子刚一递出彩纸，站在她旁边的年轻女店员就马上开心地收起来，还不断地向由香子道着谢。

薰子一边嚼着葱烧金枪鱼一边点头。她戴着的 Trademark 红框眼镜因为煮牛肝的热气而蒙上一层白霜。

“嗯，嗯。咲子根本不像钢琴老师嘛。你这个是第三杯了吧？”

“啊？你不知道吗？我可是很厉害的啊！二十岁的时候，我就陪着妈妈晚上小酌呢。说起来，我们四个好像没有这样喝过酒吧。咱们从十四岁开始就一直在办茶会或者是郊游什么的。”

在满是烟味与烤肉的烟熏味的酒馆里全是中年男性，这么热闹的一桌十分引人注目。只有满里子一身光鲜亮丽地慢慢品着高杯酒。平时最重视穿衣打扮的她今天却没有戴饰品，只是穿了坎袖衫和斜纹裤，打扮极为朴素。

“不过，这里的生意还真是好啊。难怪他们会被薰子做成美食报道。这么便宜又种类丰富。这个肉豆腐很像酱鹅肝啊！软绵绵的——”

“最近流行千满啊！”

由香子的话让正在擦镜片的薰子突然反应过来。出版社的工作繁多，她之所以能够参加这种平日的聚会是因为今天是截稿日。

“千满？”

“就是一千日元包你满意的意思。通货膨胀时期的上班族都喜欢便宜又好吃的地方。酒馆可是首选呢！”

由香子突然神采飞扬起来。

“对了，来我教室的学生也说过！说我‘自斟自饮’的次数增多了。很多人都说我是在记给丈夫做下酒菜的菜谱。不过，满里子！是你说要到有乐町的酒馆来喝酒的吧。别光只喝高杯酒，也要吃点儿菜啊！”

薰子看了看满里子喝了一半的酒杯调侃道：“高杯酒很流行啊！据说掺了烧酒的叫作‘下町高杯酒’。不放苏打水而放红牛的就叫‘热情高杯酒’。名字都很好听呢！”一阵哄堂大笑中，满里子拿起菜单，叫了服务员。

“那个，我要土豆沙拉、火腿炸肉排……你这儿的蒜头是自制的吧。”

“啊！蒜头下酒！这位小姐，你这个美女还真是懂行啊！这桌的客人也全都是美女，蒜头就白送你们吧！”

三个人哈哈大笑起来，只有满里子不知在看着哪里发呆。

“在你们这里工作的没有女人吗？”

“女人？只有打工的小绿，就是刚才要签名的那个。怎么了？”

“小绿……啊。啊，没什么。”

大家看着低头不语的满里子感觉很奇怪。当男服务员走后，薰子马上凑了过来。

“满里子，你的口味变了？还真是稀奇啊。我记得你只喝红酒的啊。”

“因为这些……都是男人喜欢的……”

满里子气若游丝地低语着，咲子和由香子相视一笑。

“原来是这样啊！你是要做研究，然后做给高须啊！看来你们订婚在即了！”

几个人看到满里子表情扭曲了一下，随后就突然大哭起来。始料未及的三个人顿时惊呆了。由香子很快拿出亚麻手绢递给了满里子。

“她一定会抢走雄太的。那个古典的女人……那个小雪……”

“小雪？是那个女演员吗？哎呀呀，这孩子喝醉了啊！”

“是啊，就是在那个高杯酒的 CM 里扮演酒馆里妈妈桑的小雪啊……雄太对那个女人移情别恋了……”

交往了十六年的几个人从来没有见过像这样一把鼻涕一把泪地说出这种话的满里子。大家都惊呆了。咲子吃惊地发现满里子无名指上的 Harry Winston 戒指不见了。

3

公寓前的目黑川林荫路上散发出青草与泥土的芬芳，在薰子位于五楼的房间窗子旁都闻得到。

她们喝完第二摊，从酒馆里出来时下起了小雨，这场细雨一直下到深夜。这个夏天始终在下雨。目黑线的末班车驶离了不动前站。电车驶过的声音逐渐变小、消失。

“没有，您不用担心。她也没给我们添什么麻烦。过段时间，我还会去玩的。也请代我问候叔叔。晚安。”

笑嘻嘻地一气呵成般打过招呼后，薰子挂断电话回到了房间里。满里子正在床上熟睡着，咲子用冷毛巾为她擦拭了脸颊。向薰子借来的大号居家 T 恤衫露出了满里子刚刚洗过澡的肩头。

“阿姨和满里子的声音好像啊，我都分不清谁是谁了。”

“嘘！你要吵醒她了！”

咲子伸出食指压在唇上做了一个噤声的手势，然后又重新给安静地睡着的满里子盖上毛巾被。满里子哭过的地方因为睫毛膏的晕染而变得乌黑一片。这样闭着眼睛的满里子看起来十分孩子气。

犹豫着要不要把喝醉的满里子送回她与父母、姐夫一家同住的樱新町的家，于是薰子便将满里子带回自己一个人居住的不动前的公寓里。由香子虽然也很担心，但她家里有临时从澳大利亚回国的丈夫正等着她，因此回了位于旗之台的公寓。

“很久没像这样和咲子你一起过夜了。这还要感谢满里子啊！”

薰子一边笑着穿过书堆，一边走向洗手间。就在咲子没来过的这段时间，薰子的房间变得更加混乱了。铺满杂志与书报的房间里根本看不见地板。咲子好不容易才认出放着麦克风的桌子和床。不过，房间里有种莫名清爽的气息，咲子想来想去突然发现了。

“喂，你戒烟了？上次我来时还能闻到很大的烟味……”

“是啊，总算戒掉了。我生日时你送的那个牛皮的香烟盒现在变成 iPod 收纳盒了。”

“哦……你戒烟成功了啊。不知不觉就……”

咲子与薰子将书堆推向四周，总算腾出了一个能够放下一床被褥的地方。两个人挤在一起也不会睡不着。关掉电灯的房间黑了下来，能够听到薰子的呼吸声。

“能够这么说说话真好。搬家前你还能来住一下，真好。”

“啊？搬家？”

咲子吃惊地转头看向薰子，透过百叶窗照射进来的灯光，咲子看到薰子红了脸。

“啊……不是，那个……就是和膳场……我们两个都挺忙的，所以他说一起住好了……顺便就入籍了……”

咲子跳起来再次打开了灯。她小声叫着，兴奋地跳起来。看到平时文静的她竟然撒了欢儿，薰子有些愣住了。

“哇！太好了！恭喜啊！讨厌啊，你怎么不早说——”

“嘘！安静点儿！”

薰子指了指睡在床上的满里子，咲子连忙慌张地捂住了嘴。咲子侧身向薰子靠了过来。

“其实本来打算今晚说的。但是看到满里子那个样子就没说出来……我还没对任何人说呢。你一定要保密噢！”

咲子一副心不在焉不知在发什么呆的样子。

“薰子要结婚了啊！啊，办什么样的婚礼好呢？”

“抱歉哈，膳场已经四十了，我们不想大操大办。”

膳场——膳场恭一郎——是薰子公司里的前辈。现在清瘦英俊的他以前是个体重超过九十五千克的大汉。那个时候，咲子就已经知道这个人了。他是组织里每个人都信任、崇拜的对象。

“我们只办一个邀请亲朋好友到场的小型仪式。没有婚礼祝词和典礼。婚礼会在九月举行，在认识的朋友开的江之岛的餐厅里。到时候你要和真田一起来。”

薰子像是在掩饰害羞般语速极快地说道。咲子的恋人真田在青物横丁经营着传承了三代的米店。他和膳场一样与薰子她们相处融洽。

“那天我会租借一辆敞篷沃尔沃一直开到江之岛去。我要在膳场面前来个震撼登场！这是我小时候的梦想呢！”

“啊？新娘子开车啊？还真像是薰子的风格。海边婚礼真是太棒了……”

咲子陶醉地眯起了眼睛，然后又马上睁开。

“我们也做点儿什么吧！组织个乐队怎么样？”

“啊？乐队？”

“我会弹钢琴啊！真田和他商店街的朋友都是玩爵士乐的。真田的前辈阔嘴前辈是个有名的鼓手呢！高须也是吹萨克斯的好手啊。然后就是满里子了。她不是很会唱卡拉OK吗？怎么样，不错吧？让我们来给你演奏吧，我们一定要做点儿什么！”

咲子抱着薰子的肩膀摇晃着道。薰子无可奈何地笑了。

“那就这么定了。绝对不要弄得太隆重啊。你们要是上演什么*Butterfly*或者*Can You Celebrate*？可绝对不行！”

“知道了。就演你喜欢的曲子。这样行了吧？”

咲子低头看了看胸前笑了起来。她穿的是四年前再次组队的传奇乐队的现场版T恤衫。

“就演奏‘Sadistic Mika Band’的歌怎么样？过去咱们去卡拉OK时一定会唱的。这件T恤衫也是以前在拍卖网站上拍到的不是吗？”

薰子“呀”地大叫了一声。

“啊！那真是太好了！就演奏《时光机》吧！”

“交给我们吧！啊！真是太开心了！我要赶快去弄到乐谱才行呢！我真是太替你开心了！”

咲子欣喜地握住薰子的手。薰子害羞地点点头，然后很快冷静地看向床上的满里子。

“比起准备婚礼，我们还是先让满里子和高须重归旧好吧。”

咲子不由自主地抽回了手。窗外的雨声突然大了起来。

“是啊。要是这个样子的话，满里子哪还有心思参加什么婚礼啊。但是，这是经常会出现的误会吧？满里子一定是误会了。你觉得高须会移情别恋吗？”

满里子轻声呻吟了一下，咲子和薰子吓了一跳，两个人同时看向她。确定满里子还在睡，她们又低声聊了起来。

“满里子太多疑了吧。这完全是她胡思乱想吧。”

“我们都觉得世上不会再有胜过满里子大小姐的女人了。高须大概就是被吸引了一下吧。那个可疑的女人……叫小雪？”

“是雪子吧？”

咲子开始吐槽道。

“啊，对，是。咱们就不能和那种像圣女一样的美女一决高下吗？同样身为女人，我也觉得那是种威胁！”

“的确！擅长制作高杯酒和下酒菜的青梅竹马的酒馆女老板……

啊，感觉那可是成年男性的向往啊。难怪满里子会觉得担心了。”

在她成为店长忙得没时间见面的这段时间里，男朋友却泡在女同学的店里。虽然男朋友的无聊可以理解，但换成哪个女人都不会原谅这样做的人吧。据说那晚以后，满里子拒接高须的一切邮件和电话。

“好，有办法了。我们去那个小雪的店里看看吧！”

“啊？人家是叫雪子！”

薰子的提议让咲子大吃一惊。

“实际看一看，然后我们就可以实事求是地告诉满里子，雪子什么的不足为惧——这样她就会放心了吧。”

“但是，光有蒜头、火腿炸肉排、土豆沙拉作为线索也太少了。这些都是酒馆里的家常菜啊。就算那家的高杯酒好喝，但是酒味能有多大差别啊？它的要诀不就是威士忌中苏打水的比例吗？”

“嗯，啊！对了。满里子那家店在高须公司附近吧。高须是在大手町工作……最有可能的地方就是有乐町或者是神田了。”

抱着胳膊思索了一会儿的薰子笑了。

“我想到一个好主意。咱们利用下《男人的珠宝箱》。”

“啊？利用《男人的珠宝箱》？”

“膳场任职主编的《月刊 男人的珠宝箱》是刊登B级美食与酒馆的特辑刊物，很受大家欢迎。”薰子扬扬得意地对咲子耳语道。咲子听完后便吃惊地说："嗯。不愧是薰子。但……"

咲子有所保留地继续道："这样总觉得是在欺骗高须。"

"怎么能是欺骗呢！我们不过是请他帮忙取材而已。只要能让满里子放心就好了。到时候就可以告诉满里子，一切都是她想太多了，不用担心！"

薰子一边用不同寻常的温柔语调说着，一边起身关上了窗子。看着她的身姿，眼前浮现出穿上婚纱的她的样子，咲子不禁一阵激动。

4

刚过晚上八点，神田北口前就亮起了红灯笼。这里不仅有酒馆，还有面馆、寿司小吃摊和烧烤店。下班后的上班族就像受到了某种勾人食欲的香味的诱惑般信步走入某家店中。

"薰子，咱们还没商量好呢，等等啊！"

咲子和由香子快步追赶着大步流星向前走的薰子。她们从北口一直走到御茶水，还有不远就要到达目的地了。

"快点儿，快点儿！我可是好不容易才完成工作过来的。一定要见到小雪。"

薰子急躁地回头对她们说道。她露出的额头已经开始出汗。

“不是小雪，是雪子。你不要弄错啦！”

迫于薰子的气势，几个人抽空到了神田。

薰子编造了一个叫作《现今上班族的千满状况》的虚假特辑刊物，并请高须协助做问卷调查。一无所知的他很快回信答应了。当薰子在“你喜欢的人气酒馆”中看到有一家叫作“雪子古董吧”时，她在编辑部的电脑前大喊了一声“太棒了”。

“我说，确实是这附近吗？要是有信号就好了，这个网站的地图也太难看懂了吧？”

由香子看着薰子的手机皱眉道。

“好像是比较靠近御茶水吧？”

穿过酒吧街，前面出现了一条夹杂着古典建筑的宁静街道。三个人东张西望地看向几个胡同里面。突然，咲子脚步飞快地走进其中一条胡同。慌忙跟在后面的薰子和由香子“啊”地叫道：“雪子古董吧！”

她们看到了招牌上的名字。在彩色玻璃镶嵌而成的木门前，三个人相互看了看。

“好，好！我们进去！”

薰子下定决心般念叨着深吸了口气，然后握住门把手推开店门。一阵铃声响起，里面传来低沉通透的“欢迎光临”之声。只有一个吧台的店里并没有客人，几个人莫名地松了口气。订制的壁柜里摆放着茶碗、器皿，色调柔和的灯光照射出其上的木纹。静静流泻而出的爵士乐曲令人感到心情舒畅。

“三位是吗？请这边坐。”

三个人坐在了稍矮的椅子上，她们尽量不去看走出吧台、带着微笑斟茶的女老板。由香子首先动手尝了下摆放在桌子上的凉茶，随即发出一声轻叹。

“好喝……这是加贺棒茶。这是金泽茶吧。”

“您真是了解啊！我就是金泽人。”

女主人微笑着说道，在她转过身的时候，三个人隐藏在菜谱后面交头接耳起来。

“高须也是金泽人！找对了！”

“那个人就是……雪子？”

三个人的视线越过菜谱，不由自主地偷看起来。

雪子并不是大家想象的那种美女。她是一个骨架大、肩又宽的高大女人。她黑硬的头发像男子一样短。她的眉毛很粗，丝毫没有化妆的浅黑色肌肤与蓝色衬衫十分相配。她爽利的动作和细长而清秀的眼睛虽然很漂亮，但并不是保守的高须会喜欢的类型。怎么看她都像是女校的学生会喜欢的类型。

咲子一边感觉有些抱歉，一边又不由自主地松了口气。由香子也同样放心地点了点头。她们没能好好地看菜单，于是薰子说：“那个，三杯高杯酒。”

“然后还要自制蒜头、火腿炸肉排、土豆沙拉。”

咲子随即附加道。

“好的，请稍等。”

由香子兴味盎然地窥视着吧台后面的厨房。雪子从冰箱中逐一拿出三个高脚杯。她在隐约带着冰霜的杯中加入满满的冰块，倒入威士忌之后又静静地加入 Wilkinson 苏打水。苏打水的气泡声听起来令人神清气爽。把搅拌棒放入杯中轻轻搅拌，酒杯立刻发出如风铃般的清脆之声。调酒完成后，她又把切成梳齿状的柠檬挤成汁加了进去。

“什么啊，这不就是普通的高杯酒嘛！”

始终关注着调制过程的薰子扫兴地嘀咕道。

“让你们久等了。”

雪子瘦骨嶙峋的大手将高杯酒摆在了吧台上。三个人拿起冰凉的玻璃杯，互道一声“辛苦”之后微微举杯喝了起来。

“哇，真好喝！”

喝一口之后，由香子最先出声道。薰子惊讶地看着玻璃杯。咲子也不由自主地闭上了眼睛。

高杯酒的冰凉口感出奇地好。碳酸饮料清爽地滑过喉间，威士忌的苦味中带着柠檬的酸，让人感觉到像是有一种冷香在心中扩散。微苦的感觉却意外可口。

“为什么会这么好喝啊？”

由香子兴奋地问道。雪子微微一笑。

“因为有大量的冰块，而且苏打水和威士忌也是事先冰镇过的。还有要尽量不破坏碳酸饮料产生的气泡，因此要小心地加入苏打水。”

薰子急不可待地继续问道：“那么配比呢？材料上有什么要注意的吗？”

“没有什么……我并没有用什么特别的材料。真要说的话就是容器吧。”

“容器？”

几个人目不转睛地盯着手中的玻璃杯。雪子把裹了面包粉的扁平火腿片放在平底锅中滑了一下。锅子里随即发出令人舒畅的嗞嗞的油炸声。

“这是住在金泽的年轻工匠专为高杯酒而特别订制的。利用灯泡吹塑的技术使玻璃薄到极致。杯口部分十分柔软，手摸上去也凉凉的是吧？它们每一个都是工匠用手小心翼翼制作出来的。虽然杯子很薄，但是它却并不容易打碎。”

“哦……真是厉害！”

咲子嘀咕着迅速拿起了只剩下冰块的玻璃杯。杯子轻得吓人，好像稍一用力就会破碎似的。可它明明像雪片一样脆弱，但蕴含着力量与温度，真是不可思议。薰子也钦佩地看着玻璃杯。

“我想把它当作我婚礼上的纪念品。能不能成对订购二十组呢？”

“当然可以。您要结婚了吗？恭喜您了。”

雪子一边用筷子将炸得刚好的火腿炸肉排夹起来，一边微笑着说道。由香子低叫一声随即抓住薰子的手腕。

“哎……你和膳场？太棒了！恭喜！你早说啊——”

“对不起、对不起，我已经和咲子说过了……因为出了满里子的事情，所以就没说出口。”

雪子很快就将自制蒜头、土豆沙拉和火腿炸肉排摆了上来。盛在青白瓷盘或土耳其釉长盘中的菜肴色泽浓郁引人食欲。几个人一起拿起筷子。薰子先是夹起自制蒜头咬了一口。咲子带着钦佩的目光看着雪子。

“每一样都那么好吃。这里所有的器皿我恨不得都要一套。真是一家不错的店啊！”

“您能这么说，我真是太荣幸了。我家里是开古董店的，我也一直在店里帮忙。而且也为了能够以后继承家业做了很多准备。但是去年，我父亲突然去世了……”

“啊……”

“那家店是我和父亲一起打理的，所以我也一直很消沉。想着要改变下心情，所以我暂时将店交给了亲戚，随后来到东京。我也希望能将金泽的工匠介绍给东京的各位。”

“是这样啊……”

虽然语调明快，但雪子阴沉的脸色中还是带着忧伤。

每样下酒菜都异常好吃。自制蒜头鲜脆，火腿炸肉排的香气让高杯酒变得更加好喝，土豆沙拉味道浓郁。由香子又要问问题：“土豆沙拉上面酥脆的那个是清炒过的大蒜……嗯……还添了少量酸奶油调味？”

“哇，你的味觉太灵敏了。那个……恕我冒昧，您是深泽由香子吗？我经常拜读您的博客。”

由香子含羞地点点头。薰子趁机说道：“是的，没错。我是责任编辑岛田薰子。这位是钢琴老师葛原咲子。我们都是中学就认识的好朋友。”

在由香子和咲子不解的侧目中，薰子很快递上了名片。

“小雪——雪子，对不起，其实我们是来侦查你的！”

“薰子！”

就在咲子大惊失色地喊出声时，丁零零的门铃声响了。

“薰、薰子？由香子和咲子也在？”

穿着西服、一脸吃惊的高须拿着雨伞愣在原地。

门外安静的雨开始大作起来。

“原来满里子是误会了啊！”

喝光第二杯高杯酒的高须松了口气地说道。坐在他左边的薰子趁机夹了一筷子放在他面前的日式炸鱼排，同时双手合十道：“对不起骗了你！但是，只有直接来到这家店的时候，我们才会洗刷掉你劈腿的嫌疑嘛！这件事就这么过去了，然后能请你在我的婚礼上演奏萨克斯吗？”

“我们还是第一次看见满里子那么失落。你快点儿让她放心吧！”

或许是有些喝多了的关系，在高须右边的由香子的眼睛通红。

雪子还在用搅拌棒搅拌着高杯酒：“对不起，都是我的错……是我让小雄的女朋友不高兴了。”

雪子很抱歉地说道。薰子则趁机咬了一口炸鱼排并摇了摇头。

“不该你道歉！能够这样见面真是太好了！我们都知道有女朋友的男人是不会再和其他人纠缠不清的。就因为满里子长得太漂亮了，而且年纪又好，这才养出了她有些过头的公主病。”

“干脆我们一会儿把满里子大小姐也叫来吧？让她消除误会！这个时间，工作应该都结束了吧？顺便还能给薰子开个婚前庆祝会。”

由香子的提议立刻受到大家的热烈欢迎。薰子连忙拿出手机发短信。高须顿感安心地在旁边看着薰子发消息。

“一场风波告一段落了，是吧？”

由香子高兴地道。

无意间，咲子发现雪子的表情有些阴暗。但她很快就又恢复了笑容，重新给他们斟满了高杯酒。

“小雄你可真有福气啊，居然交到了那么漂亮的女朋友，真是狡猾啊！啊，真是期待一会儿的见面啊。我要告诉给大家知道！”

“没有啦……不过，就因为满里子的话，你们就找来了！你们到底是什么人啊？雪子，这些人可太厉害了！之前也是光凭甘食面包……”

薰子和由香子一边悠闲地喝着高杯酒，一边看着两个老同学聊得起劲儿。

“男女同校真好啊！好羡慕这种男女之间的纯粹友情啊！”

“哎，薰子好像有很多男性朋友。我可是基本没和老公之外的异性聊过天呢！哈！”

“我倒是很憧憬女性的优雅，也很羡慕你们之间的关系。”

气氛越来越热烈，大家仿佛都是昔年好友一般畅所欲言。尽管如此，咲子还是感觉到内心的骚动。她闭上眼睛，享受着美酒和店内播放的音乐。

好像从刚才开始就一直在播放 Bill Evans 的音乐……

印象中，那似乎是高须最喜欢的音乐家。

5

在新宿车站东口集合后，满里子就一直不高兴。她素面朝天，头发也只用橡皮筋扎着，一身纯棉套服让她看起来就像刚起床一样。大家还是第一次看见这样的她。

“为什么非要在这种天气里聚会啊？好不容易才休息的！”

自从在雪子的店里聚会那天开始，雨已经连续下了三天。直到到达伊势丹里的 KTV，满里子还是板着脸。她靠在点歌机旁一言不发。由香子摆弄着的手鼓发出哗啦哗啦的响声，她状似无意地看向满里子。由香子穿着胸前带有蕾丝的罩衫，编起的刘海儿看起来十分清凉。

“高须因为工作要晚点儿过来，你不要又闹情绪啊。不过，难得咱们‘Sadistic・由香乐队’要进行第一次排练呢！”

由香子越来越喜欢真田取的这个乐队名了。坐在蓬松的棉布沙发上看着手机的薰子一下子抬起了头。

“咲子和真田到新宿车站了。马上就有饭团子和稻荷寿司送到啦。阔嘴前辈是和高须一起来吧。”

“薰子，你好像重视送饭胜过重视那两个人啊！话说，新娘子还有时间来观看节目演练吗？不是应该为了婚礼忙得不可开交吗？”

“有什么不可以的？这可是我最喜欢的乐队的曲子啊！我要提好多意见呢！”

满里子厌烦地看向欢快的两个人。

还有一个月就要举行婚礼，现在的薰子越来越美丽了。大概是她听从了大家的意见去做了美容的关系，皮肤与头发开始有光泽。她发自内心的幸福微笑更是光彩照人。

“我已经向雪子订购作为纪念品的高脚杯了。”

听到雪子的名字，满里子的脸颊不由抽动了一下。

“最近我和膳场也去过那里。雪子做的高杯酒真是太棒了。下酒菜也很棒。下次，《男人的珠宝箱》要去雪子的店里……”

“张口闭口都是雪子、雪子的！”

满里子突然喊了起来。由香子和薰子吓了一跳，她们一起看向她。满里子的表情十分可怕。她的气息不稳，干枯受损的头发贴在她潮红的脸上。

“你们都成了那个女人的同伙！你们都在拿她和我比较吧？反正我就是自私又任性，又不会照顾人，做饭又难吃。雄太已经逐渐掉入那个女人的陷阱里！能够和男人做朋友的女人，我是绝对不会相信的！”

由香子提心吊胆地插嘴道："前几天你去她店里的时候不是已经释怀了吗……"

高须真挚地向去了店里的满里子解释了他和雪子的关系。雪子也一再表明他们只不过是同学关系。当时看到满里子放心的样子后，薰子才最终说出自己要结婚的事情。

"那是没办法。谁让你们自作主张弄出那么大动静的！我只能装作接受他们的解释了。你们真是多管闲事！"

看着横眉立目的满里子，由香子委屈地低下了头。这时，薰子站了起来。

"够了！"她带着某种忍无可忍的冷淡语气道，"满里子，你自己已经很清楚了吧！高须并没有花心。雪子也不是那种人。他们两个真的只是好朋友而已。对此充满怀疑是你自己的问题！对于自己不再是别人心中的第一位而感到不满，那是你自身的问题！"

"你说……什么！"满里子声音颤抖地道。由香子担心地把手鼓紧紧抱在胸前。

"你怎么可能会理解我的心情！薰子，你总是一副对男人不感兴趣的样子，总是一副想要自由自在的样子，结果却早早宣布要结婚了！你很瞧不起我是吧？"

"根本没有那回事！"

"你也是！由香子、咲子也是！你们什么都有，根本不会理解我的心情！”

满里子哽咽着说到最后。她从身边的手包里拿出墨镜戴上，遮住了自己通红的双眼。她想要推开拦住她的由香子跑出包间。就在这时，包间沉重的大门被人从外面打开了。

“对不起，我来晚了。”

“这是我们打包带来的稻荷寿司——”

真田和咲子一团和气地并肩站着，两个人还抱着情侣提篮。满里子分开两人跑了出去。呆愣了一会儿之后，咲子慌张地问薰子：“怎么了？发生什么事了？”

“管她呢！我才不管那种人！”薰子愤愤地说道。

“怎么回事啊？满里子怎么还在怀疑高须和雪子啊？”

咲子好像突然间察觉到什么似的回头看了看，然后把篮子交给了由香子。

“对不起，我去看看。我知道她在害怕什么。”说着，咲子转身跑了出去。

6

雪子微黑的手轻轻地将带着薄霜的玻璃杯放在吧台上。她和满里子透过琥珀色的高杯酒相互对视着。两个人都像要从对方的眼里读出些什么似的，因此谁都不曾移开视线。

满里子白色的手伸向玻璃酒杯。她只是稍稍品了一口，苍白的脸上就立时变得红润起来。在柔和的灯光下，她长长的睫毛在脸上投射下一片阴影。

咲子屏气凝神地注视着她们。在她出来追上满里子、经过一番死缠烂打的刨根问底，终于打听到事情的始末。

“即便害怕也不能逃避。这是过去的你教给我的不是吗？”

败给了前所未有地认真的咲子，满里子跟着她来到了雪子的店里。

满里子放下酒杯平静地道：“不是这个高杯酒……上次我喝的时候就知道了。”

“欸？”

满里子对吃惊的咲子摇了摇头。

“那天晚上，雄太是喝完酒后回去的，他喝的并不是这个高杯酒。”

“怎么回事？”

“那晚，我们接吻的时候……除了碳酸汽水和威士忌与柠檬外，还有一种别的味道。”

满里子再次看向雪子。小小的酒馆里充满了紧张的气氛。雪子灰心丧气一般垂下了肩膀。她露出的有如圣母马利亚般悲伤的表情让咲子第一次感觉到雪子是个女人。

“你真是厉害，满里子。没错，我为小雄准备的酒的确与普通客人喝的高杯酒有些不同。”

满里子点了点头道：“是某种果汁吧？柑橘系的……”

“是的，里面加了很多葡萄柚汁。因为葡萄柚不会令人喝醉后感觉难受。其实小雄本来是不怎么擅长喝酒的。”

震耳的门铃声响起，店门口站着高须、薰子和由香子。在他们身后，豆大的雨点正毫不留情地拍打着地面。高须跑过来坐在了满里子旁边。

“满里子，这是误会！我……”

满里子看着拼命解释的他平静地道：“我根本没有注意到你不善于喝酒，或者说你根本就没让我发现。”

由香子反手关上店门，雨声被隔绝在了外面。

“雄太，为什么你明明不善喝酒却还总是来这家店呢？为什么你不能在我面前展示真实的你？你喜欢爵士乐和萨克斯也是因为和雪子一起在管弦乐社团的回忆吧。毫无疑问，正是雪子打造出了现在的你。你们好好认清自己的心意吧。”

说完，满里子起身走向店门。她的动作流畅自然，丝毫不像伪装出来的。咲子大感吃惊。虽然满里子没有化妆，只是素面朝天地出现在这里，但她却前所未有地美丽。高须一动不动地紧握着双手盯着高杯酒。

“我只能做你的恋人，但是雪子却既能做你的朋友也能做你的恋人。无论结局如何，你都要做出一个最忠实于内心的选择。”

门铃再次响起，满里子走出酒馆。咲子毫不犹豫地跟出来。由香子也对着店里一鞠躬，然后转身出了酒馆。店里的门铃接二连三地响起。

满里子喝剩的高杯酒散发出暗淡的光。一直站着没动的薰子毫不客气地走到了吧台前。

“那个，雪子……纪念品的事情……你可以拒绝……”

没等薰子说完，雪子就点头道：“……是我的责任。”

薰子很难过。

“对不起，我并不讨厌你。但是，无论何时，我都会站在满里子一边。再见！”

薰子努力不去看高须的脸，她推开店门走了出去。薰子来不及撑伞，她在黑暗中寻找着那三个人。她的头发、脸颊很快就被雨水打湿了。来到马路上的薰子看到咲子的白色雨伞。她像小鸟一样靠向朋友们身边。薰子稳了稳气息。

“满里子。”

回头看向她的满里子脸上润湿一片，但那并不是雨水。

"满里子，刚才真是抱歉……"

"没什么，是我不好。"

更大的雨声包围了四个人。像是要打破沉默一般，满里子开口道："到现在他都没追来，看来我们是结束了。啊，感觉舒服了！"

满里子挺起胸膛阻断其他人投向她的视线。

"我先声明啊，我可不是被人甩了！是我把他甩掉的。所以我早都说过吧！男人和女人根本就没有纯粹的友情……"

薰子伸出手包住满里子冰凉白色的手。咲子长长的手指和由香子的小手也一起包裹住她的手。薰子慢慢地道："我想像你一样。虽然不知道我行不行……我想像你一样，成为一个重视自己喜欢的男人的女人。"

满里子再也忍不住，她"哇"的一声抱住薰子哭了起来。

雨声渐渐变小，就像高杯酒中的气泡一样逐渐消失不见。

酒馆的灯光"啪"地熄灭了。

7

碧海连天，一望无垠。上个月的阴雨连绵仿佛是一场假象。

天窗缓缓打开。为了这一天的到来，薰子租借了沃尔沃敞篷车。潮湿的海风吹进车内，四个人随即大叫起来。

开车的是穿着婚纱的薰子，她的头纱随风飘摆，整个儿盖在了坐在她正后方、梳着宴会发型的由香子头上。

“呀——快点儿拿掉啊！这是我在美容院花了一个多小时才做好的发型啊！”

坐在她身边的咲子连忙来帮忙。古典的深蓝色连衣裙与珍珠项链将少女气息十足的由香子烘托成高雅的已婚女性。而咲子则穿了妈妈为她选的和服。现在是九月，这个时节在选择服饰的颜色与面料时都会令人感到头痛，但配上给人以果实累累秋天之感的稻穗花纹的带子还是相当不错的。

敞篷车在七里滨沿岸飞奔着。淡季的海边，游客寥寥无几。

“没想到会碰上交通堵塞。时间真是太紧了。膳场，等着我啊——”

薰子舔舔嘴唇，紧紧握住方向盘道。红灯亮起，汽车缓缓减速。就在车子刚刚停下时，坐在副驾驶位子的满里子探过身为薰子补上了口红与腮红。薰子像是怕痒似的来回扭着身体。很多年都没有见过薰子不戴眼镜的样子了。这套露肩设计的素朴婚纱非常适合她，简直美得令人迷醉。

“你感觉怎么样？你可不要揉眼睛啊？真是不敢相信！新娘子还要开车！”

“我不是说过嘛！这是我以前的梦想！”

“啊，知道了，知道了！你别乱动啊！”

满里子神情认真地给好友涂着口红，她栗色的齐耳短发轻轻贴上了她的脸颊。虽然这是她有生以来第一次剪短发，但是这种柔和与纯洁之感令她更加美丽。她穿着样式简单的短款黑色套裙配以大颗的装饰坠。瘦下来的她更显女人味十足。绿灯亮起。薰子踩下离合器，车子再次狂奔起来。

“啊，真是太紧张了。我还是第一次在这么多人面前弹琴呢！”

由香子双手抱在胸前可怜兮兮地道。薰子聚精会神地看着前方爽朗地道：“没关系！你都那么努力练习了。你的萨克斯切入的时机就连专业的咲子都比不上呢。绝对是很棒的快速演奏。”

薰子半开玩笑地说完后暗叫了一声糟糕。咲子和由香子也都紧张地看着满里子。满里子一下子靠在座位上。她那戏谑的表情中丝毫没有阴郁之色。

“什么啊。看你们的表情！应该在意的是这一位！今天可是薰子的好日子啊！”

松了口气的薰子再次握紧方向盘。

“你比新娘还漂亮，这可是犯规啊，满里子！”

“你说什么呀！今天的薰子可是谁都比不了的。因为她可是我这精英店长亲自给上的妆呢！”

“你的手法已经达到专业级了，快点儿来做我的专属化妆师吧！”由香子崇拜地道。

“谢了。但是我还不想辞职呢。我的任务是把后辈们都培养到能够独当一面。而且半途而废也不是我立花满里子的风格。”

“太帅了！这才是满里子大小姐啊！”

咲子激动地叫道。满里子则有些像在掩饰害羞一般地说道：“喂，正式开始前咱们先来练一下啊！”

“唉，在这里？”

“不许有意见。大家快点儿吧，一、二、三，开始！”

大家条件反射般地吐气唱了起来。

♪我要去自己喜欢的时代

跳进时间的旋涡之中

把一切交给时光机♪

薰子的头纱随风飞扬。

开往江之岛的电车匆忙地追赶着她们，就像是对在敞篷车中大合唱的四人一见钟情一般。

手忙脚乱的辣油

1

就在你觉得这个坡道有些陡时，它又会变得平坦起来。这条富于变化的坡道十分适合白天悠闲地散步，但深更半夜深一脚浅一脚地走在这样的路上难免叫人提心吊胆。虽说公司离家只有一站，但在公司的小门前排长队等候出租车也很累人。拍打脸颊的夜风出奇冷，鼻子里面都冻得发疼。

自己的二十九岁还剩半年，但体力却急转直下。这或许是因为工作太忙，自己退掉了健身课，同时也并不怎么锻炼身体的关系。四天前截稿日熬夜造成的疲劳还没有消失。薰子感觉腰背部发沉，眼皮怎么也睁不开。她越担心自己是不是哪里生病了，手脚就越冰凉。拖着沉重的身体在深夜里迟缓地爬上神乐坂的坡道，薰子尽力想从一直想着校稿、收据以及她所负责的作家有多么任性等的大脑中回想起自家的冰箱里还有些什么。

冰箱里有一块豆腐和快过保鲜期的鸡蛋，还有半棵葱。

凭薰子的手艺，她怎么也不可能用这几样东西做出一顿像样的饭菜。没办法，还是去趟便利店吧。

感到后面有人，薰子一下转过身。一个脚步趔趄、满身酒气的上班族正在逐渐靠近她。薰子等他走远后才再次迈开脚步。白天热闹的街道在凌晨两点半时也不会有什么行人，一个人走夜路总是令人感觉不安。薰子穿着长靴的脚步声此时听起来极为刺耳。

啊，真是讽刺啊！在黑暗中，薰子不安的目光不时地看向以包子出名的“五十番”的招牌，以及通向可丽饼专卖店“布列塔尼”的那个拐角。自己明明走过的是这样一条满是美食的街道，但回家时，这里的每家店都关门了。这里也有很多日式酒家或者酒吧，但它们都不适合吃夜宵。薰子刚刚经过有名的拉面馆“柚子庵”，她在神乐坂居住了两个月，但从来没有到过这里。薰子转过头怨恨地看了看他家店门前灯火全熄的灯笼与卷帘门。经营这家店的店主是个顽固的男人，他拒绝一切媒体的采访，但这却反而让他的店更加知名。他家的柚子盐拉面和水饺更是好吃无比。光是想起美食专评区对这家店的评价，薰子的肚子就已经咕咕叫了。

头脑中还是挥之不去的“柚子庵”，让薰子不知不觉地在便利店里买了“札幌第一加盐拉面”。薰子决定煮面的时候再在里面加点儿葱和鸡蛋。明明才到十一月，但是收银台旁的关东煮咕嘟咕嘟冒出的热气已经让正在柜台前结账的薰子的眼镜起了一层白雾。

老公出差了反而更自在啊。

伴着毫无感情的一句“多谢惠顾”走出便利店的同时，薰子的心里突然冒出这样一个令人心惊胆寒的想法。丈夫成为“B级美食旅行者”的期刊编辑，自己本该为这位主编总是撇下自己单飞而感到寂寞，可自己却感觉轻松了不少！这样不就和父母一样了吗？

等到比自己小两岁的弟弟成人后就离婚的薰子的父母曾经也过着错位的生活。与其说那是一个家，倒不如说只不过是一个回来睡觉的地方。进入青春期的薰子十分讨厌清冷无人的家，拯救她的是放学后和朋友们的聊天时光。

薰子同出版社的前辈——膳场恭一郎——结婚已经两个月了。

尽管他们之间相差十一岁，而且薰子还要为一套能够步行就到她位于饭田桥单位的二手住房偿还二十年的房贷，但这些都没有使她犹豫不决。在异性面前不知不觉就紧张起来的她总是在他面前才能展现出真实的自我。

只要和膳场在一起，自己一定能够组建一个少女时代就憧憬的笑声不断的家——今年九月，在江之岛饭店里举行小型婚礼时，薰子认为自己今后的生活一定会充满阳光。

虽然爬到了坡顶，走到位于其上的“Vaugham神乐坂”公寓前，但薰子依然无法轻松起来。看着自动门旁并排放着的四个邮箱中的一个，薰子带着一种非常不好的预感打开它。果然，里面的邮件哗的一下子全部掉出来，薰子咬着牙蹲下捡起它们。里面除了有广告宣传单以及收据外，还有多到吓人的快递签收通知单。丈夫的老家总是频繁地寄来生鲜食材，这让薰子实在叫苦不迭。宣传栏上还贴着庭院护理轮值表。这里居住的四十岁的主妇们表示团结的方法与打发闲暇的方式都与众不同。以住在薰子家右侧的仁科太太为中心的“主妇三人组”硬是要拉没有孩子的薰子入伙，还非要教她做手工蛋糕或者泡菜。不论薰子怎样以自己工作忙为由拒绝，她们依然还是会邀请她去参加家庭聚会，或者一起去教堂做礼拜以及美化公寓，等等。这个只有四户人家的小公寓完全不能轻视，薰子每个月都要参加一次除草活动。

自动门打开了，里面露出的圆形草坪和花坛给人一种到了小型宾馆前厅的感觉。当初来这里看房时，这个庭院让她欣喜若狂，但那时她完全不知道这是住户自己打理出来的。此刻薰子十分痛恨当时傻乎乎高兴的自己。庭院后面是四栋带有乡村风情的二层小楼。弯曲的小路一直向西就到了薰子的家。薰子发现她家的门把手上挂着一个土黄色的纸袋。纸袋里面装着个很大的塑料瓶。

那是一个大约宽十厘米、高十八厘米的大口瓶子。上面盖着红色的盖儿，里面装的像是一种黏稠的液体，分量很足。大概又是仁科太太做的糖浆吧。薰子很想立即把它送回去。老实说，她并不会因此感谢她。想到又多了一项工作要做，薰子顿时感觉很生气。

刚一进家门，疲累感一下子涌了上来。薰子胡乱地打开沙发上的报纸和半干的毛巾，然后“咚”的一声躺在上面。十张榻榻米大小的起居室里满是纸箱和洗好的衣物。二楼的卧室里也全都是薰子的东西，两个人勉勉强强还有地方睡觉。薰子真是羡慕几乎身无长物的丈夫。今晚一定要把行李归置好。在那之前先做个拉面，吃完后洗个澡，再把手机闹钟设定到七点，把洗好的衣服叠起来，然后打开电脑请快递公司来送货，接着再给作家发邮件……

想着想着，薰子已经进入睡梦之中。就在她睡着的那一刻，还在想着——不能睡着，至少要先卸掉睫毛膏……

2

晚秋的午后，大提琴高亢的声音令人感觉舒适无比。从饭田桥车站前的“卡纳尔咖啡”的凉台雅座上放眼可见的是晴朗的天空和总武线映入水面的黄色倒影。葛原咲子穿着崭新的灰色羊绒外套喝着奶茶。这件外套为低领设计，她的脖子上戴着交往了一年的恋人送给她的周年纪念项链。对于咲子这个钢琴老师来说，每天都是在房间里对学生进行指导，因此这样一处视野宽阔的地点让她的内心得到了解放。

咲子旁边的满里子像在念咒般地说了什么，咲子一下回过了神。

“啊，你说什么？”

松散地将发顶的头发半扎起来，穿着衬托出身体曲线的朱红色针织毛衣的满里子就像《瑟堡的雨伞》中的女影星凯瑟琳·德纳芙。夏末之时，满里子喜欢上二十世纪六十年代女星使用的眼线画法。

“法语意思是‘薰子马达姆[1]好慢啊’。今天不会又临时不来了吧？本小姐我可是难得找到一个在附近聚会的机会呢！你们知道吗，我上星期就被那家伙放了两回鸽子呢！”

最近，满里子在离这里很近的日法学院里参加短训讲座。自从她上个月因为公司组织的店长研修去了巴黎之后，就完全喜欢上法国文化。

“没办法啊。自从她当文艺编辑之后就更忙了。她手下可是有好几个畅销书作家呢！说实话，她现在连睡觉都是奢侈的了。”

由香子一边用手机给意大利面拍照一边说道。她的毛线披肩上别着一个蝴蝶花样的胸针。四个人里面看起来最孩子气的她却

1　夫人。

已经结婚五年了，现在既是主妇烹调研究家又是人气博主的她比薰子还要忙。

“好不容易变成了‘马达姆’，真是可惜！据说他们都没去新婚旅行，这是真的吗？这样下去不是连新婚生活都没有吗？”

“没关系啦。她可不是别人，她是满里子啊！你想想咱们在女校的那个时候，她可是学习成绩和体育都是全校第一呢。那可是曾经又是学生会长，又兼田径部和文学部部长的人啊！生活和工作绝对都能处理得很好。”

就在咲子引以为荣地说着时，由香子朝着咖啡厅入口使劲儿挥了挥手。

“说曹操，曹操到啊。来了，来了！薰子！在这边！”

看着脚步虚浮地走过来的薰子，三个人立刻不安起来。她的脸色发青，显现出前所未有的疲劳。薰子拉出咲子旁边的椅子，“咚”的一声坐下后，二话不说地趴在桌子上。

“你没事吧？”

咲子战战兢兢地刚一伸手放在薰子肩上，薰子就“啪”的一下直起了身，像在拒绝咲子的安慰一般。她的粉底没有渗透肌肤，满脸都是浮粉。眼镜也乌突突的，衬衫更是皱巴巴的。她看起来那么无精打采，几天不见就好像已经老了十岁。

“对不起，我一点儿时间都没有。难得你们约我一起来吃午饭，但是真对不起，我马上还得回公司去。”

薰子匆匆忙忙地说着，根本没有看她们三个一眼。她向男服务员随便点了一杯意式咖啡。从来都是英姿飒爽的薰子现在就像刚刚遭受过台风一般。满里子首先不满地开了口：“今天是周六啊。本小姐可是难得请了半天假来和大家见面的。咱们都一个月没见了呢！”

“没办法啊！一上午我都在院子里拔草，加月老师拜托我调查的东西还没弄完。带有浪漫情调小机关的八音盒什么的到底要去哪里找啊！”

“你工作忙也就算了，但是你怎么还管住处的草坪啊？你不是交了物业费吗？”

“是公寓里的几个太太在打理花园。不能只有我不弄。你知道我要还多少年贷款吗？不知道什么时候我就可能会要孩子啊。要是不搞好邻里关系，以后的日子想想得有多可怕。”

薰子一把抢过送来的咖啡，喝了一口，滚烫的咖啡烫得她皱了皱眉。

“带机关的八音盒？那我来找找看吧。我上音大的前辈很喜欢收集古董八音盒呢。”

咲子笑呵呵地接话道。但薰子却像完全没有听到似的。

“她太看中主人公的职业设定了！这算什么啊！又不是周一九点的电视剧！真是给人找麻烦！我还要从头教她小说怎么写！”

薰子的大嗓门引得隔壁桌的男性转头看向她们。

“没办法啊。那个人以前是爱情戏编剧嘛！”

就像满里子说的那样，加月美玲是五十多岁的知名剧本作家，最近作为随笔作家而活跃于世。薰子所负责的正是她的第一篇长篇小说。虽然决定要在文艺杂志上进行连载，但薰子和美玲的意见总是不能达成一致，导致原稿无法进行下去。成为文艺编辑原本是身为文学少女的薰子多年的心愿，这难免会让她对偏向于写生死绝恋或者甜美爱情的美玲产生焦躁之感。

“她有粉丝人群，而且也是实力作家，你就信任她一下吧。薰子，你没看过加月写的电视剧吧？她的故事非常引人入胜呢！”

“你不懂！文学和那种无病呻吟的电视节目怎么能一样呢！就因为这样才说你们都是不看书的人呢……”

在薰子轻蔑的语调中，满里子点头哈腰地应和着。

“你这么忙，家里没问题吗？新婚生活怎么样啊？”

四个人中唯一已婚的前辈——由香子体贴地凑近薰子小声道。

“我现在都快忘了我们是两个人住了。基本都看不到我丈夫。即便偶尔回家，回来的日期也是不固定的。”

薰子皱着眉，一下下地按揉着太阳穴道。

“我现在基本都是叫外卖或者泡面了。衣服还没拿去干洗，行李也还没归置好，家里到处都是纸箱。”

舔着卡布奇诺上面泡沫的满里子眼中突然有了光泽。

“这种时候才最需要进行断舍离啊！薰子，你也要像我一样来个断舍离才行！”

“断舍离？”

“一鼓作气把你的行李整理成一半。物品减少会让我们的视野明晰，生活方式得以梳理。明确好优先顺序之后，你的内心和时间都会变得充裕起来！我就是这样才从这个夏天的悲惨失恋之中恢复过来的！”

“你又赶时髦啊……我的生活里哪有那种闲工夫啊！”

“拜托小时工整理不好吗？你那么能赚钱，正好花一花嘛！”

“陌生人碰我的东西，我会觉得自己的隐私被偷窥了。我才不要！”

薰子断然的否定让满里子也露出了一脸受伤的样子。

“那就找我们帮忙吧！只要把钥匙借给我们一天就行。我们三个一定能够把膳场家收拾得漂漂亮亮的！我们供你随意差使噢！”

咲子话音未落，由香子也赶快插嘴道：“是啊是啊。我们一直都在麻烦你。不仅要给你收拾房间，还可以给你带些凉菜过去。我可以把菜装进保鲜盒里，每次带一星期份给你。对了，把你常叫的快递告诉我吧？”

“好了。由香子你也很忙的，谢谢了。”

“咱们这是礼尚往来啊。在我为网上的恶评而消沉自闭的时候，是薰子你给我送饭，还帮我打扫的不是吗？这种时候就让我来报答你一下嘛！这也不行，那也不行的话，你可会寸步难行噢。”

在由香子的异常热情下，咲子也继续加把劲儿地道：“对啊对啊。能够使唤好别人也是一种能力噢！薰子，你也再多依赖我们一下嘛！你也要多麻烦我们才行啊！”

薰子刚想说什么，但突然抿紧了嘴。她拂了拂像窗帘一样遮挡视线的乱糟糟的头发，然后从钱包里掏出一千日元站了起来。

“我拒绝。因为我一旦依赖你们一次，那么就再也不能独立了，到哪儿都是一堆麻烦事。难得你们找我出来，但是我得走了。”

看着快步走出咖啡店的薰子的背影，三个人全都愣住了。怎么回事，感觉好不舒服——满里子困惑地嘟囔着。天空不知何时阴了起来，池塘的水面被乌云吞没，水面上的波纹逐渐扩散开来。

3

厨房传来了哗哗的水声。好像是丈夫回来了。虽然想着至少要给他泡杯热茶什么的，但是，薰子的身体就像吸在了沙发上一样，怎么也起不来。都已经四天没见过丈夫的面了，我这个新娘还真是不称职啊——自我嫌弃的同时，薰子又迷迷糊糊地睡着了。意识模糊中，薰子想起几小时前与加月美玲的对话。

贫穷的八音盒工匠和札幌第一大饭店老板的女儿展开雪国之恋？美玲老师，我并不是想让您感觉不舒服，但这不是韩剧。

在饭田桥和朋友们分开后，薰子跑回公司，然后饭都没吃就去了位于松涛的加月美玲的私宅兼办公室。薰子拼命地劝说，但美玲就是无动于衷。

你要反对也得等看完第一话之后啊。这不是甜美的梦幻故事，就像你说的那样，故事中也有男女各自的盘算以及阴谋与污秽。没关系，下周我打算去札幌进行取材，这次一定要全部写完。

自己已经等了半年多的原稿，再不能让她这样拖下去。而且她根本用不着编辑的这种随意而为的态度也使自己感到烦躁。当薰子说出要与她一起去取材时，她一脸不情愿的表情，但薰子却顾不得这些了。

薰子想成为文艺编辑，然后出版一本令书评家瞩目的高格调作品。这样一来，或许就能引起父亲的注意。他或许会因为有一个与自己一样从事文学工作的女儿而感到自豪。自从他和妈妈离婚后，薰子再也没见过他。他们也没有联系过。据说他移居英国，组建了新的家庭，而且过得很好。

自己像是在翻着回来时顺便买的北海道导游手册时就不知不觉睡着了。想起自己还没有接收生鲜食品，薰子立时想要惨叫一声。再不快点儿收货的话，自己的婆婆又要打电话碎碎念了。

终于起来时，薰子的目光正好与敞开式厨房里丈夫的目光交会。

“好啊。好久不见。我刚从大阪回来，歇一会儿就要去公司了。”

一段时间不见，他更瘦了，脸色也不好，自己竟然没有好好给丈夫做个健康管理。想到这里，薰子恨不得钻进地缝儿般抱歉地说：“对不起，我做点儿什么吃的……”

说着，她想起冰箱里除了昨晚没吃的豆腐、葱和鸡蛋以外什么都没有。薰子很泄气，结果自己什么都不能为他做，总是自己在接受他的给予。这样下去，他们不就像是父女一样了吗？想到这儿，薰子背后蹿起一阵恶寒。自己真的爱他吗？不是只为了躲进他的怀抱里撒娇吧？就像要弥补自己寂寞的少女时代一样。

“不用了。我刚刚做好饭，也有阿薰你的份儿，一起吃吧！”

戴上眼镜起身离开沙发的薰子大吃一惊。客厅的桌子上放着两份拉面和做好的豆腐。房间里飘荡着一种令人胃口大开的香气。拉面汤上飘着一层味道诱人的油脂，看得薰子吞了下口水。始终独居的丈夫要比自己更会做菜。虽然平时这会让薰子产生失败感或焦虑感，但今天她却觉得十分感激。她想起自己从早上开始还没吃东西。

“好好吃的样子……这是怎么回事啊？”

“什么怎么回事？就是冰箱里的豆腐和札幌第一加盐拉面啊。多亏有那个辣油帮忙了，我就只放了一茶匙就真的做成一道菜。”

丈夫很快坐到桌边，双手合十说了句“我要吃了”。薰子虽然吃惊，但也拿起筷子。

“辣油？”

“啊，那个不是由香子送你的礼物吗？我还以为是拿回来让咱们尝尝味道的……我擅自打开吃了不要紧吧？”

丈夫的视线落在厨房不锈钢台面上的带盖大瓶子上。装着一满瓶黏糊糊红色液体的这个瓶子是晚上挂在大门上的。薰子把它都忘光了。是吗，原来那是辣油啊。虽然薰子觉得那是仁科太太送来的东西，但里面并没有字条说明。来历不明的东西？想到这里，薰子顿时感觉心里很不舒服，根本都不知道这个瓶子里面放了什么食材。

还没等薰子阻止，丈夫已经喝起拉面汤、夹起了豆腐。

“啊，真好吃！好吃！不愧是由香子的手艺啊！竟然能把流行的‘佐餐辣油’做得这么好吃！”

看到丈夫吃得那么香，薰子也小心翼翼地夹了一块豆腐。红油沿着豆腐的侧边缓缓滴下，更是勾人食欲。豆腐刚一入口，薰子就已经被那超好吃的味道惊呆了。辣油中似乎用了上等的芝麻油。辣椒的风味很强但并不辣，其中还带有一丝丝甜味。除了辣油，里面还添加了一些咬起来十分酥脆的食材，因此才会产生这种复杂而浓郁的香味。它让便利店里买回来的豆腐吃起来就像大豆做成的牛排一样味道丰富。就连快餐拉面汤也像经过了长时间炖煮一样味道浓郁。薰子刺溜溜一个劲儿地吃面。

"'佐餐辣油'啊。好像是桃屋开始卖的吧？在超市里一直都是卖断货呢。"

"最先火爆起来的好像是石垣岛的'边银食堂'自制的辣油吧。边银好像是经营那家食堂夫妇的名字。"

薰子突然来了兴致，盯着辣油瓶子看起来。

"还有鸡蛋是吧。这么好吃的辣油用来做煎蛋卷，味道也不错吧！"

说着，薰子一下起身动了起来。这让她自己都感到惊讶。刚才她还一点儿都不想动，但现在却一点儿都不嫌麻烦了。就算自己做得不好，但只要有这个辣油在就没问题。想到这儿，进厨房做饭似乎也并不是件苦差事了。

"啊，感觉很好吃啊！"

“你等下啊，马上就好！”

薰子隔着灶台对丈夫笑着道。然后她从冰箱里取出鸡蛋打进碗里。饭后就收拾下洗好的衣服吧！薰子一边用打蛋器搅鸡蛋液一边做着计划。不洗淋浴改成泡澡，再把派送时间定好吧。薰子突然感到客厅一下子变得多彩起来。是自己让生活运转起来的，薰子已经好久没有这种感觉了。薰子一边感受着这种充实感，一边将搅好的蛋液倒入热锅中。

4

东急东横线开往元町·中华街方向的电车从窗前的高架线驶过。薰子沿着自由之丘站步行五分钟来到文化学校三楼。这间厨房摄影室除了由香子会在每周拿来当作教室使用两次外，还会用作美食照片的摄影地。

“那真的不是由香子送的喽，那个辣油？”

上半身贴在大理石操作台上的薰子带着怀疑的目光问道。由香子厌烦地搅拌着用来制作萨赫蛋糕的巧克力酱。几小时以后她就要为薰子公司发行的主妇杂志进行拍摄了。本期预定要介绍的是利用热巧克力制作简单又好看的情人节专用蛋糕。

“我都说好多次了吧？你别再问了。我到底是怎么潜入你的公寓，然后又将纸袋挂在门上的呢？你家公寓大门是自动锁吧？”

“是啊。不过你也可能是跟在别人后面进来的啊？你个子小不会引人注意嘛！”

“我为什么要那么做啊？咱们是朋友，如果我想送你东西，直接给不就好了！”

薰子终于接受了由香子的解释，点头说了句：“说得也对。”

“我说，是不是太太团里某人干的啊？她们很喜欢做点心不是吗？”

“不是。昨天早上出去倒垃圾时，我正好看见她们在闲聊。所以我也加入其中试探了一下，想看看是谁送我的辣油，结果她们谁都不知道这件事。”

“那——难不成是你婆婆送的？她不是经常寄来生鲜食品吗？”

“特意从鹿儿岛过来送辣油？那不可能啊！”

“是吗？是啊。来历不明的食物啊！的确让人不舒服。你还是应该和小区物业说一下。”

由香子戒心甚重地皱眉道。薰子没有回话，她慢吞吞地从皮包中拿出一个包起来的塑料瓶。半透明的红油映出正驶过此处的东横线。

“是啊。本来非常不舒服，但是怎么说呢，这个辣油太好吃了！而且，它配什么都好吃。”

“唉，你吃了？没事吗？”

“没事。而且这三天还多亏了它！把米饭炒炒就做成了炒饭。搭配那些平时碍于面子才收下的婆婆寄来的蔬菜非常好吃。而且，只要用它拌上煮熟的扁豆或者豌豆就成了热色拉。我觉得放心了不少。感觉只要有了这个瓶子，什么家务都不在话下。”

由香子为蛋糕涂好巧克力酱后看了看辣油和薰子。

“哇！怎么感觉都不像薰子你了呢！还说什么不在话下，放心什么的。你也要稍微向我们撒撒娇嘛。”

薰子的脸一下子涨红了，她随即状似轻松地道：“别说这些啦。我之前邮件里问你的那件事呢？”

“家里能不能做辣油？当然能了！‘佐餐辣油’流行之后，我的教室里也有人要求学做这个呢。辣油其实是种非常方便的调味料。按咱们说好的，我来给你做一个看看。”

由香子带着婴儿肥的脸上表情一下子严肃起来。她拿出平底锅放在燃气灶上。打开燃气后在锅中倒入色拉油，接着加入芝麻油。香味随即四溢开来。当油锅里出现咕嘟嘟的声音时，由香子立刻关了火。

“好了。趁着油热赶快加上辣椒粉！”

由香子把热油倒入装好了辣椒粉的玻璃瓶里。伴着“嗞啦”

的声响，热油不断地翻滚起来。薰子吓得后退几步。热油就像岩浆一样不断冒泡，转眼间就变成暗红色。

“好了好了，没事了。等这个油凉了之后再加入白芝麻、酱油、砂糖和味噌，还可以加入炒过的蒜或者葱姜等。如果想要添加风味的话，也可以加入鱿鱼干或者山椒。里面也可以加入辣椒或者豆瓣酱、甜面酱噢。它既可以做调料又可以作为汤料，还可以按照你的口味自由调制。每个家庭都能做出属于自己的辣油，这不是很有趣吗？”

由香子一边从容地做着说明一边收拾调料、清洗用具。薰子佩服地看着她用抹布擦拭得几乎一尘不染的工作台出神。

“由香子你太厉害了！竟然能做到工作和家庭两不误！”

“没有啦。因为我老公正在国外工作，所以轻松了不少。”

“我不知道怎么才能做出家的味道来。”

薰子几不可闻的声音让由香子为之一振。她按下按钮关了水管。薰子像变了个人般无力地垂着头道。

“我不知道。因为我没有参照的样本。如果我也变成妈妈那样该怎么办啊？”

薰子像走投无路的孩子一样低头看着不锈钢台上映出的自己。

有多久没见过这样的她了呢？由香子拼命地在记忆中搜索。对了！那大概是在自己十五岁的时候。她们在咲子家里聚会。比谁都高兴的薰子笑着说："我想一直和大家这样在一起。我不想回家。"

说着，她"哇"地哭了出来。那时候三个人谁也没见过那样的薰子，于是都愣住了。她们也是在那时才知道薰子家里的情况。

薰子的父亲在女子大学教授英国文学，在薰子初中二年级时，他和自己的学生有了孩子，之后就不怎么回家了。相反，薰子的母亲更是变本加厉地四处闲逛，放弃了家务和子女教育。薰子的弟弟与不良少年交上朋友，彻夜不归。薰子每晚都是一个人用妈妈留的钱去吃快餐或者买盒饭。由香子忘不了听到这些时自己有多么震惊。

只是因为没有能够独自生活下去的自信，所以妈妈始终不答应离婚。我不想变成她那样。我要变成一个工作能干又能照顾好家的女性。

由香子记得那时自己手忙脚乱，就连一句安慰的话都说不出来。但是，现在她已经不是那时的少女了。

"你不需要什么范本！用不着必须这样做妻子，或者那样当母亲！"

由香子激烈的语调让薰子吃惊地抬起了头。

由香子很厌烦那些轻易就推出什么“理想太太”像的出版社或者电视台。自己只是碰巧擅长做菜所以才以此为工作，并不是为了做活动才做点心。工作、育儿和家事当然要全部做到完美——被媒体强加的这一印象而苦的女性何其之多！由香子紧紧抱住比自己还高的薰子的肩膀。

“你父母是你父母，你是你！只要你下功夫打造一个自己的家就好了。还有你丈夫和我们在啊！”

“谢谢……”

薰子出人意料地坦率地点头道谢。虽然感到有些不好意思，但由香子还是有些得意扬扬。没想到薰子竟然将自己的弱点暴露给自己。由香子就像被那滚开的油附身了一般，心里开始不断地冒出使命感。我想要帮助她。虽然四个人是好姐妹，但由香子一直在憧憬着充当领导人的薰子。今后自己要站在更为对等的立场上来支持她！她们都是已婚女性，由香子想要敞开心扉地与她交往。

在热油冷却后，由香子又加入调味料和配料。

“好了。这样就做好了。你来尝尝吧！”

薰子用大勺子舀了一茶匙放进嘴里。

“唉，没想到这么简单，根本没必要特意去买啊。”

薰子似乎恢复了点儿活力。她腼腆地将头发别在耳后，然后把勺子一口放进嘴里。突然，她皱起眉，掩着嘴一副痛苦的样子。

“啊，太辣了？是不是辣椒粉放多了？”

由香子赶忙倒了杯水。薰子漱过口之后抱歉地说道：“对不起……不是这个辣油。味道完全不一样。”

“是啊……我忘了薰子你不能吃辣了。欸？那么，那个辣油不辣吗？”

“嗯。虽然有辣椒的香味，但是一点儿不会辛辣、刺激。口感非常柔和。要不你尝尝看？”

由香子用力点了点头，然后打开盖得紧紧的辣油瓶子。她用表面干燥的勺子插进瓶中，立刻感觉到瓶中的黏稠之感。瓶子里传来芝麻油和蒜的香味。由香子尝了一口后立刻瞪大了眼睛。辣油一点儿都不辣，而且也没有油脂氧化后的味道。芳香馥郁的油脂香味与浓郁的甜香到底是什么？对烹调的热爱之心立刻使由香子生出了探究心。

“薰子，我要找出这个送辣油的人。”

“啊？好啊。真是对不起啊，本来由香子你就够忙的了。”

“这不仅是为了薰子，也是我作为烹调研究家要做的事。我一定要见到做这瓶辣油的人，然后向她请教配方！”

看着异常兴奋的由香子，薰子惊讶万分。瓶子中的辣油散发出引人冒险般的神秘光泽。

5

做间谍的感觉让咲子感到很不舒服。站在“Vaugham 神乐坂”的大门前，咲子轻轻地吐了口气。万幸的是她不会在公寓里碰见薰子。薰子从前天开始就和加月美玲去北海道取材了。按响门铃，里面立刻传来轻快的女声。

“啊，您就是葛原咲子老师吧？快请进！”

电动门缓缓打开，咲子的工装皮鞋声响起，她已经迈步走了进来。这还是她第一次到访好友的新家。

现在家里乱糟糟的，等我收拾好了你们再来玩哈！

薰子说这话已经过了两个月。她甚至拒绝她们帮忙收拾。

就像薰子说的那样，这所公寓的庭院的确漂亮。围起来的圆形草坪上盛开着大丽花、大波斯菊等秋季花卉。谁都不会想到这个花园会是住户自己打理的。薰子还真是麻烦事不少啊——咲子不得不同情地暗道。

与其说这里是个公寓，不如说更像是四个独栋小楼共享一个庭院。虽然是二手房，但是相当豪华。不愧是在大型出版社里工作的夫妻，真是羡慕啊——心中像被刺扎了一下似的，咲子连忙收回思绪。定睛看清了门牌上的签名是“仁科”后，咲子打开旁边的门。梳着整齐的亮茶色头发的女性露了面。

“你好，我是葛原咲子。”

“哇！果然是美人老师啊！我是玲奈的妈妈仁科。快进来！”

咲子听说仁科太太已经四十岁了，但没想到她看上去要比自己还年轻。据说这个年纪的女性充满活力，自信满满。

看似狭窄的长方形建筑进了玄关后里面却很宽敞。这么大的房子都已经无处落脚了，那膳场家里究竟乱成什么样子啊？咲子来到客厅，进口沙发上坐着两位女性。她们也和仁科太太一样，都是从头到脚保养得宜的美人，根本看不出她们的孩子都要小学毕业了。

“这两位是这个公寓的利香妈妈和诚妈妈，我们的孩子都在同一家私立小学上学，也都是好朋友。我家玲奈要学钢琴的话，她们两家的孩子也会想学。玲奈耐力不足，我很担心她学几天就不再坚持，老师您能来家里教课，我就放心多了。好不容易给她买了钢琴，我可不想她连碰都不碰。那样，我可就该发愁了。”

和咲子常去的秋元家一样，盖着绒布帘的钢琴已经变成摆放装饰彩绘盘的架子。仁科太太手端着托盘，里面是泡好的茶和烤好的司康。咲子看着仁科太太微微笑了笑。

之所以会来做这种类似间谍的活动，是因为咲子受了自己教的学生亚里沙的母亲希美和由香子的蛊惑。周末晚上，她们两人一起来到她的钢琴教室兼住宅。身为大医院院长夫人的优雅美女与给人温婉之感的由香子乍看上去极不相称，但她们两个却是亲密无间的幼时玩伴。

“Vaugham 神乐坂”的主妇三人中有一个会做神奇的辣油。一定没错！她之所隐藏起来，就是不想把那个辣油的配方告诉别人！真是小气鬼！

为了让说得口沫横飞的由香子冷静下来并搞清楚事情的来龙去脉，咲子费了不少时间。而听说希美女士竟然和仁科太太等人是熟人后，咲子大吃一惊。身为主妇杂志铁杆读者的她在都内的富裕主妇阶层构建起范围极广的网络也没什么可奇怪的。

我和她们一起参加过神乐坂教会的义卖。她们就住在那个坡上的公寓里是吧？听我说，只要我给你做介绍，她们就一定会请你去她们家的。对了对了，我听说她们在请钢琴家教。咲子老师，你就去做个卧底吧。你不是很擅长做侦探吗？

这本来也不会坑害到谁——咲子在心底对自己说。她拿起司康咬了一口。其实，她本身也非常需要新学员。她没有对好友们说出由于经济不景气，单上个月就已经有四个学生放弃学习了。咲子开办服饰教室的妈妈也有着同样的状况。虽然还不至于动用父亲留下的遗产，但是这对母女在经济上似乎会越来越困难。咲子本想去可以自由调班、营业时间较长的超市里打工，但是又怕哪天被熟人发现，所以不能在都内打工。

一个是人气烹调研究家，一个是编辑，还有一个是知名大型化妆品店的店长。四个人中年收入最低的大概就是自己——咲子知道不应该想这件事，但还是会非常在意好友们的经济情况。虽然从事自己喜欢的音乐工作很令自己自豪，但是也会在不知不觉间感受到与她们之间的差距，这让她很受打击。她的恋人是米店的第三代传人，虽然每天工作很忙，但那绝对过不上富裕的生活。假如有一天自己和他结了婚，咲子可以预想到自己将会与好友们的生活水平相差甚远。咲子很轻贱明明很喜欢真田，但又在考虑着这些事情的自己。

重新打起精神冷静下来，咲子对上课时间、薪水、课程内容等做了说明。

“这个司康是我自己做的，如果您喜欢的话，就带回去一些吧。”

仁科太太话音刚落，梳着女人味儿十足的短发的利香妈妈——田内太太紧接着说道：“果酱是我做的。这个配俄罗斯红茶也很好喝！”

诚妈妈——安倍太太也要将自称是自己制作的熏香送给咲子作为礼物。咲子十分羡慕她们这样和睦相处的邻居。丈夫的年收入、生活品位以及孩子的学校都一样。她们相互比较时一定不会有自卑感吧。啊——真想回到纯真无知的少女时代啊。年近三十岁的自己却还过着本该在少女时期才有的那种以“喜欢”为优先的生活，这是本末倒置啊！

咲子看了看这个房间，里面随处可见干燥香草或者貌似装着果酒的玻璃瓶。她们在打理庭院方面也很热心、勤勉。咲子突然看向阳台，她发现晾衣架下挂着很多辣椒。咲子差点儿叫出声来。那是用来做辣油的吧。那么辣油的主人是谁呢？

“这些都是要用来搭配插花用的。那么多辣椒吃完该肚子疼了！”

或许是注意到咲子的目光，仁科太太爱抚着自己平坦的小腹说道。咲子连忙恭维了几句。然而，仁科太太的嫌疑很快就被排除。

“您什么都能手工制作，真是厉害啊！这里的庭院也很漂亮，你们都是主妇们的榜样呢！”

“得到像你这样的年轻人的夸奖，我真是太开心了！”

“不对。老师，您和膳场太太差不多年纪吧？”

不用咲子引导，薰子的名字就已经出现在她们的聊天当中，咲子一边暗自松了口气，一边装模作样地问道："膳场太太？是不是另外一家的太太啊？她今天不在吗？"

"是啊，她刚结婚。出版社的工作好像很忙，忙得都没时间要孩子。"

"我们希望和她和睦相处，于是主动打过几次招呼。我们希望能够尽量帮助她，但是好像反而增加了她的负担。本想让她换换心情才邀请她一起打造庭院的，但她好像很勉强的样子……"

这和薰子说的不一样。几位太太看起来都很关心薰子。

"如果我给她送去点心或是菜肴，那反倒是给她添麻烦吧。她还特地去买点心盒或者很贵的水果之类的送给我们。这样让我们觉得很不好意思，所以最近都不给她送东西了。"

果然像是薰子的作风。咲子叹了口气。她最不善于请求别人帮忙或者援助了。难得她身边有这么多想要热心帮忙的太太，但她怎么就不能把握机会向她们撒撒娇呢。田内太太像是突然想到了什么似的说道："而且，那间屋子里住进去的好像全是苦哈哈工作的职业女性。是风水的关系吗？"

"您是说以前的住户吗？"

咲子不由自主地身体向前道。仁科太太点点头："是啊。在膳场夫妇搬来的半年前，那个房间里住的是晶子和雅母女俩。虽然晶子离婚了，但是她一边当律师一边还把孩子养育得很好。这么说起来，她和膳场太太很像呢，都是戴着眼镜而且非常忙的样子。”

“不过，她可是有个了不起的拥护者呢！”

“是啊，她有一个既会做饭又喜欢孩子的优秀男朋友！真想让我老公也跟人家学学呢。”

三个人热火朝天地聊着，咲子则在一边一字不漏地听着，就连呼吸都忘了。

窗外的辣椒在秋风的吹拂下轻轻摆动着。

6

仰望着能到达高高的天花板的商品货架，感觉推着巨大手推车的自己变得渺小了。Costcost 的好处不仅在于能够以便宜的价格买到国外的点心或清洁剂、酒店专用调味料以及干菜，而且还会给你一种置身仙境般的兴奋感。

“咱们买十二个一组的马芬蛋糕吧？三个人分的话每人四个。”

“我不吃。美国点心吃完会发胖。咲子和由香子分吧。我只买柔顺剂就够了。”

满里子毫不留情地拒绝了由香子的提议。今天早上，当由香子开着她父亲的奔驰去二子玉川站接她们两个的时候，满里子就一直是这个样子。

“唉，就是说这次完全没我的戏份了呗？”

“不是的，不是啦！最先提议进行断舍离的就是满里子啊。今天咱们出来购物就是为了给薰子的房间来个突击大扫除啊。要不然的话，薰子那个脾气是绝对不会让咱们去帮忙的。”

满里子虽然赞同由香子的突击作战，但她还是气鼓鼓地说：“不是说这个！我说的是那个辣油。那件事情，咲子一个人就查清楚了是吧。啊，没意思。也就是说，那个辣油不是送给薰子的，而是送给以前住在那里的晶子的。”

“现在还不确定。不过，仁科太太好像现在还会在年节时与晶子书信往来，可以试着要一下联系方式。”

“不过，就算是这样，假设那个很会做饭的男朋友就是嫌疑人，那他为什么不知道女朋友搬家了啊！”

“有可能是两个人吵架分手了，然后就再没联系过呢！”

咲子也很赞同由香子的话。

“是啊。总之既然他们曾经是恋人，那么他就会有那个公寓的备用钥匙。那个小区的自动门与自己住宅的钥匙是分开的，所以就算薰子夫妇搬家后换了自家的门锁，那个人还是能够打开自动门进来的啊。而且薰子的房门前面也没有贴名牌，弄错了也不奇怪啊。”

“那个男人到底是什么人啊？”

“听仁科太太说，那个人不常露面。但是他肯定住在神乐坂这个区域内。有一次晶子的女儿在学校里发烧了，他马上就去学校接孩子。对了，那孩子过生日的时候，他也亲手做了烧卖和包子什么的，据说特别好吃！”

“嗯。从那个辣油的味道上来说，他绝对是个行家。我一定要向他请教一下配方！啊呀，那种美味到底要怎样才能做出来啊！”

嘀嘀咕咕的由香子突然不再说话。咲子不解地看着由香子盯着成堆的商品看来看去。那里搭放成金字塔形的是一千克装酒店专用“蒜泥”。由香子拿过一个仔细看了看。那瓶子大得她的小手有些抓不住。

“难道，送辣油的人……”

伴着由香子的自言自语，咲子差点儿连人带车摔倒在地。

7

刚一开门的薰子马上露出了一脸困惑的表情。

“怎么回事？你们……”

与其被人看到自己凌乱的家，被人看到自己肿胀的双眼更加令她不好意思。薰子赶快戴上了眼镜。

昨晚下班回来后，薰子始终忍耐的眼泪终于喷薄而出。她趴在沙发上抽抽搭搭地哭着哭着不知什么时候睡着了。别说换衣服，她连妆都没有卸。此刻脸一定难看死了。

“锵——我们是来打扫做家务的。感觉星期天早上你会在家的，膳场出差了吧。”

由香子高举起装着各色海绵块的橘黄色包装袋说道。满里子刚一脱掉长靴就用发圈扎起头发，然后戴上橡胶手套。两个人身后是较为客气的咲子，她的手上正拿着带价签的抹布和美国产的大瓶清洗剂。

薰子实在没力气赶走她们，于是勉强带她们进了客厅。堆满纸箱和衣物的客厅里几乎看不见地板。薰子挪开放在沙发上的书报杂志，腾出了一个可以坐人的地方。

“薰子，你不用客气了。我们这就开始收拾。你周末也要上班，不用管我们，忙你的就行。不过，能不能告诉我们哪些东西是绝对不能扔掉的？打扫完我会做出一星期份的家常凉菜放在冰箱里冻起来……”

由香子一边说，一边开始收拾扔在地板上的杂志，然后用绳子打成捆。还是要尽早说清楚好——薰子鼓起勇气动了动干燥的唇道：“谢谢你们的心意，但是我用不着的。我自己能行。再过一阵子我就能有闲工夫了。”正在叠衣服的咲子惊讶地抬起了头。

“我打算辞职了。看起来我没办法工作、家庭两不误。不管怎么说都是家庭最重要。我不想变得像我父母那样。”

室内一片寂静。三个人难以置信地停下了手上的工作看着薰子。虽然内心既难为情又感觉凄苦，但薰子还是拼命地睁大眼睛，不让眼泪掉下来。

“好像是加月老师直接找我的上司去谈判了。她说要换个责任编辑。”

“那一定是老师误会了吧。薰子从来都是比任何人都认真工作的啊！我是最清楚的！只要再花些时间，你一定能够顾好两边的！别说什么要辞职啊！”

由香子涨红着脸抓着薰子的肩膀摇晃着道。

“不，她说的是真的。我的确在工作上没有信任过她。即便去取材，我们也发生过多次争论……总之，我已经尽心尽力了。”

满里子和咲子都茫然不知所措地站在那里。

“我从不知道做不到的人的心情。老实说，我有时也会认为你们做事矫情或者不肯努力。我还真是个讨厌鬼啊。但是，现在我知道，自己才是那个废物，是个懦夫。”

“怎么会……”

“我和他……和膳场结婚也许不过是我想要一个父亲而已。我真的能够把他当作一个男人来爱吗？我没自信。我不想光是向他撒娇或者光是自己开心。我也想能够作为妻子去扶持他。所以我不想勉强去做到工作、家庭两不误，我想先从做好本分开始努力……”

像是要掩盖薰子那番震惊三个人的话似的，门铃在这时响起来。就在大家不知所措时，由香子首先分开几人走到玄关前。在另外几人来到玄关时，由香子已经开门把那个手持食盒、穿着送餐服的中年男人带了进来。

“你是？”

薰子疑惑不解地问道。看到食盒上写着的店名，她惊叫道：“‘柚子庵’？唉，我们没有订餐啊……”

“今天是免费赠送。是对那瓶辣油表示抱歉。我给您送了四人份的柚子盐拉面。我是‘柚子庵’的店主吉城。”

给人以精干印象的他将长发整齐地束起，目光锐利，嘴唇紧抿，看上去虽然较为严肃，但那种不多话的样子也给人以诚实之感。

“没想到这间房已经换了主人。那罐辣油一定让您感觉很不舒服吧。真是非常抱歉。是您的朋友们来到店里告诉之后我才知道的。”

薰子听完事情的经过后，仍是一副不解的样子看向朋友们。

“到底是怎么回事啊？‘柚子庵’的店主是送辣油的人？”

“吉城先生半年前一直在和住在这个房间的晶子女士交往。”

满里子忍不住语气轻快地插嘴道。由香子更是急不可耐地道：

“你还记得那个辣油瓶子吧？那个是餐饮业专用的‘蒜泥’瓶。我们在 Costcost 发现了和那个一样的红盖瓶子才得到启示。送辣油的人辣油做得极好，而且又用的是餐饮业专用的‘蒜泥’瓶，那么他只能是拉面馆的人了。所以我们调查了这附近所有的拉面馆。”

“啊？神乐坂所有的拉面馆吗？那可不少家呢！”

“我们查到第八家时就找到‘柚子庵’啦。我们在店外的窗口看了看，然后就看到了那个瓶子，还有他家桌子上放的小瓶里的辣油，也和你收到的那个味道一样。当时真是大吃一惊！”

由香子用崇拜的眼神看了看吉城先生，然后又转头对薰子说：“他还把辣油好吃的秘密告诉了我。那个辣油原来是用没有经过加热的油做出来的。”

“没加热？”

“嗯。你还记得我做的辣油吧？我是把油加热后再放辣椒粉的。那样做虽然简单，但是会很辣，而且也没有浓郁的香气。吉城先生的做法是用优质芝麻油去腌渍辣椒粉和调料，然后等到它自然散发出香味。据说至少要半年时间才能做好。”

“半年……”

“对。也就是说，吉城先生和女朋友分手后不久就做了这罐辣油。”

吉城先生有些难为情地瞥开目光说：“我和她分手后马上就后悔

了。即使过了半年，也还是想和她复合，很想再见见她。因为这样，我才送了那罐辣油。但是没想到她搬家了，真是太不好意思了……我和她都是不愿依靠别人，凡事都想靠自己的人，然后就在不知不觉间变得固执起来。就因为这样，我们才会走到如今这一步……”

薰子注视着垂头丧气的吉城先生，就像在看一面镜子一样专注。

“吉城先生，现在还来得及。”

薰子终于开口了。

“你要把想见她的心情告诉她。如果真的喜欢她，就算是求她也可以。我认为她也是喜欢你的。撒娇也好，依赖也好，这些都是出于信赖，是最好的爱情表现。”

满里子轻呼一声。挺直腰背正在与吉城先生说话的薰子又变回了以前的样子。由香子激动得想哭。咲子温柔地说道：“薰子说得对。这个公寓居住的太太还和晶子女士有联系。据说她现在住在千驮谷。她和她的女儿也很想见你。你们的心情是一样的！”吉城先生的表情瞬间变得明朗起来。满里子较为含蓄地轻声道：“……拉面是不是要泡软了？”

吉城先生随即大惊失色地放下餐盒，取出保鲜膜包着的大碗。

“哇——终于能吃饭了！这是‘柚子庵’的拉面啊！”

薰子感慨地叫道。每个人都露出了会心的笑。柚子清爽的香气和面汤的蒸汽在玄关弥漫开来。

8

两星期后。

敞开的窗子里吹进一股冷气，膳场家的房子里焕然一新。虽然之前有些半信半疑，但咲子不得不承认断舍离的效果。

“嘭”的一声坐在光可鉴人的地板上，咲子“嗯——”的一声伸了个懒腰。从早上开始一直做了将近八小时的打扫，现在她虽然感觉身体疲倦，但是成就感十足。作为钢琴老师，她时常会去仁科家，虽然已经十分清楚这所公寓的格局，但还是感觉房间宽敞了不少。西沉的夕阳给刚刚擦好的桌子、书架甚至厨房水槽的各个角落都染上了一层金色。刚听到满里子在玄关处神采奕奕地说了句“非常感谢”，她晃着马尾辫的身影就已经出现了。

没想到她刚刚打扫完通风扇就用她那染着指甲油的指尖捏着收据晃来晃去地道：“你知道这些废旧物品和书籍卖了多少钱吗？干脆我们的人工费和清洁费都让薰子付了吧？”

“喂喂。别忘了断舍离。说什么傻话呢，快点儿喝茶吧。一会儿还要发邮件把钱数告诉薰子呢。咱们可是和她约好了，要把她不在时候的所有事情都向她报告的，终于都弄完了。”

客厅里，穿着围裙的由香子兴高采烈地端着茶盘来到桌边。仁科太太送的手工牡丹饼就像渗透了她们疲劳的身体一样。

“不过，薰子竟然将自己的断舍离交给别人来做。”

“薰子也开始重视我满里子大小姐的品位和选择了呢！自己没法做出选择时就交给好朋友来决定吧！这不就是说她对咱们无话不谈吗？”

“不过，真是太好了。膳场和薰子终于去新婚旅行了。虽然他们之前也很好，但是最近却能感受到两人之间真正的爱情火花啊！他们真好啊，去石垣岛。他们可不要忘了给咱们带‘边银食堂’的辣油回来啊。”

“加月老师的第一回原稿也顺利完成了，而且好像很快就在他们公司内获得好评呢。就连薰子都请到了带薪假期呢。”

“的确。要是没有这次的辣油事件，她就写不出这么好的爱情故事了吧。平凡主人公的住处每周都会收到神秘的八音盒。实际上，这是送给前一位住在这个房间里的单身妈妈的爱情礼物……啊，太浪漫了！据说这个已经要制作成电影了！”

“其实并不是八音盒而是辣油呢。这也多亏了薰子相信美玲老师的才能，坦诚地把故事讲给了她听。太好了，太好了！”

由香子细心冲泡的茶叶润泽了她们因打扫而感到干渴的喉咙。闲聊了一会儿之后，咲子认真地道：“我说，我们会一直这样下去吧？”

当然了——虽然期待着同伴们会给她这样的回答，但是满里子却一边摆弄着手指一边若无其事地道：“笨蛋，我们不可能总是在同一个地方的。人是善变的生物嘛！人生总是起伏不定啊！”

看到脸色惨白的咲子后，满里子笑着补充道：“哎呀，你别摆这种脸色嘛。不论环境怎么改变，我们一定会像这样友爱下去的，这不就好了嘛！”

“……能吗？”

“当然能了！我们四个虽然性格爱好各不相同，但已经在一起十年以上了吧？虽然见面都只是聊聊天儿，但也是这些时间让我们一点点加固了彼此间的联系，就像‘柚子庵’制作的辣油一样。”

“嗯嗯。满里子说得对。咲子，你可不要受打击啊！”

由香子说着拍了拍满里子的背。

“谁也不知道未来会怎样。但是，即便是丈夫出轨，或者因为生儿育女而神经衰弱，又或是因为裁员而变得贫穷，我们也会经常互相帮助的。我们一定会这样。”

是的。谢谢。咲子微笑着代替了回答。由香子的小手握住了满里子纤细的手腕。

火红的晚霞在天边铺开。咲子始终盯着窗外，想着好友此刻所在的南方小岛也是晴空万里。

年节菜四重奏

十二月三十一日 下午六点三十五分 薰子

能够在雪下大之前回到家里真是太好了，咲子她们是不是都平安到家了呢？

薰子一边泡着热水澡让全身的血液流通，一边不自觉地叹了口气。在被冻得瑟缩一团的身体逐渐柔软起来的同时，一整年的疲劳仿佛也随之溜走了。

与公司里的前辈结婚，进入从前就向往的图书部就职，这是她二十九年人生中最为眼花缭乱的一年。回首这一年，薰子再次感受到无比的成就感。虽然这一年中也有很多失败之处，但它们都让自己觉得能够尝试着去挑战就是收获。辛苦了——她在浴缸中小声说着，尽情地伸了伸腰，顿时感到身心放松。她工作的大型出版社除夕当天也要上班，需要完成样张审查工作，还要给作家们写贺年卡。真是新年初始就要破坏掉好心情啊！

她会冻成这个样子都怪自己下班回来的路上站在饭田桥车站附近看飘雪。薰子第一次看到纯白的神乐坂，因此非常吃惊。在东京竟然能看到那么大片的雪花，真是太不可思议了。早上听新闻说除夕夜会是个晴天，但从刚才手机上的天气预报来看，气象局的预测完全不准。从今晚到明天，日本东部都会大雪纷飞。

不知道丈夫和同事们会不会在哪里耽搁了，还是发下短信吧——想到这儿，薰子赶快出了浴缸。

除夕之夜，与编辑们一起去千叶的胜浦出海捕鱼已经成为丈夫入职以来的常例，但这种天气他们大概不能钓鱼了吧。薰子期盼着丈夫会因此折返回来。虽然她的想法有些对不起之前信誓旦旦地说要为年夜饭添道大餐的丈夫，但薰子今晚很想见到他。没有比和丈夫还有好友们一起迎接新年更令人高兴的事了。

薰子穿好浴袍，一边用毛巾擦干头发，一边走进客厅。拿起桌上的遥控器，薰子坐在沙发上打开了等离子电视。画面中正在报道新闻，记者正在不断采访滞留机场的人们，还出现了停运线路一览表。薰子有些担心地走到窗边拉开了窗帘。公寓里太太们引以为傲的庭院已经被大雪覆盖消失无踪。就在薰子洗澡的这段时间里，雪开始下大了。抬头看看幽暗的天空中飘落的雪花，薰子突然感到有些不安。电视里，新闻讲解员开始读起了新闻稿。

——今晚到明日，侵袭日本东部地区的寒流会在元旦午后有所缓解。现在，途经埼玉县的秩父铁路与西武秩父线全线停运。另外，关越高速部分封路。请继续关注之后的气象预报。

太好了——薰子放心地抚了抚胸口。咲子她们都在都内，应该能够平安到达这里吧。这么糟糕的天气请她们来帮忙，但只有自己待在温暖的屋子里真是有些过意不去。从脱在沙发上的外套口袋中掏出手机，薰子给三个人都发了信息。“辛苦了。雪很大，你们没事儿吧？有事就打电话。”——群发了消息后，薰子又给丈夫发送了一条类似的消息，这才松了口气。

她走到厨房想从冰箱中拿罐啤酒来喝，无意中看到了贴在冰箱上的“十二月三十一日 年节菜分担表”，薰子不由自主地读了起来。

第一层 由香子 前菜（黑豆、海带卷、沙丁鱼干、青鱼子干）

第二层 满里子 小菜，醋拌凉菜（金团、醋拌生鱼丝、伊达卷、煮红豆）

第三层 咲子 烧烤（咖喱烤扇贝、熨斗鸡、虾羹、八幡卷）

第四层 薰子 红烧菜

薰子看向厨房的餐桌。今早刚放好的膳场家世代传承的朱红色内里的四层年节菜食盒好像正在焦急地等待着主人装满它。看到这个食盒，薰子想起两星期前的作战会议。

可以说是正月里脸面的第一层传统菜就交给行家由香子了。

都是些做好了能够存放的食物，前两天做好以后除夕那天装在一起不就完了？我让妈妈帮忙就能做好了。葛原家的特产——咖喱烤扇贝可是超好吃的呢！

原来是这样啊。咱们这个小团体中的核心人物——咲子要做主菜啊。不过，华丽又有女人味的第二层很适合我啊！

满里子，你是说你自己来做？大家都好厉害啊！虽然我只要做一个菜就好，但我还是感觉不安啊，由香子大人，快来帮我。

当然了。除夕那天，我会陪着你，给你做指导的。即便是普通的炖菜，只要用饼干模在胡萝卜上做出梅花形就会看起来与众不同。没关系的，我们几个合力，一定能够做出让薰子的婆婆大吃一惊的四层年节菜的。我们可是四人一体啊！

想到几小时后，这个家里会出现的面孔，薰子感到内心一阵温暖。咲子要给学生上钢琴练习课，满里子要在日本桥百货商店里做好新年销售准备，由香子则在台场电视台录制正月烹调节目——大家今天都很忙，但她们却为了她而特意过来。活跃在各个领域的好友让薰子十分骄傲。

冰凉的啤酒透入全身。如果是以前的薰子，她一定不会让婆婆元旦时来，或者会在百货商店里买好年节菜装进食盒里。但这一年中她已经学会了凡事尽力就好以及依赖他人。

最初她会因为夫妻俩没有时间一起吃晚饭，或者自己准备不出三菜一汤而感到焦躁，但是现在她却觉得“每晚小酌一下也是乐趣”，这样反而变得轻松了。她还让由香子教她用蔬菜做下酒菜或者糙米意式烩饭等，还会常备烘干水果、坚果、罐头等既可以存放又能即食的食材。现在她还会和丈夫一起喝红酒，甚至还买了红酒专用酒架。

薰子家里每个月末都会有家政服务员来打扫，所以没必要大扫除。她按照由香子说的买回了鱼板、鲑鱼子以及年糕。再来就是巡视下屋子，把沙发上的衣物以及杂志、报纸等都收拾到二楼睡房去。这样就能通过婆婆的严查了吧。想到明天下午到来的婆婆一脸吃惊的样子，薰子不由得有些兴奋。好，等着看吧！就在薰子暗下决心后，她忽然接到丈夫打来的电话。

“你没事吧？千叶也下大雪了吗？”

电话中呼呼的风声让薰子有些听不清楚，她下意识地用手捂住了另一只耳朵。

“啊，没事。东京好像也要下大雪了吧。这边今天好像是不能出海了。看来我们要和本地认识的渔民们一起喝酒到天亮了。”

“是吗？好可惜啊。”

“不过，你放心吧！他们已经分了我一条鲷鱼。我妈一定大吃一惊。”

我准备的东西比你的鲷鱼还要大吃一惊呢。想着丈夫看到四层食盒时吃惊的样子，薰子不由得笑了起来。

“飞往羽田机场的航班好像都停运了。婆婆能顺利到东京吧。”

“没事，明天早上天就能晴了。我妈预订的是从鹿儿岛出发的航班，应该是明天中午出发。总之，我会打电话给她的。啊，还有啊……你不用准备什么完美的年节菜。我妈就是那么说说，你可别当真啊。她是和弟媳相处得不好，所以才对你期待过了头。”

“谢谢你关心我。不过没关系。一会儿，咲子她们就来了。然后再略微打扫下，写完家用贺卡就完工了。我可以在网上找素材，然后用电脑就能很快做出来了。”

“对不起，什么都交给你来做。对了！你去看看冰箱里的蔬菜保鲜层。”

薰子按照丈夫说的打开冰箱看了看，里面放了一个她不记得何时买的切了一半的红薯。她把红薯拿出来看到断面时不由自主地笑了起来。断面上用刀刻着“2011 新年快乐。膳场恭一郎 · 薰子”字样，还有一大一小两个笑脸，而且还细心地写上了住址。

“讨厌，这是什么啊！好奇怪啊！怎么用红薯做这个？”

“我抽屉里有个超大的印章。就用那个印章在上面使劲儿印一下就行了，很省劲儿的。红薯印章，真是怀念啊！这是我昨晚上刻的。我小时候的贺卡就是这样的。我们家里是单亲家庭，每到除夕妈妈就忙得焦头烂额，这是那时还是孩子的我想到的能够帮助妈妈的方法。做好贺卡后，再把用过的红薯做成金团，这是我家的风格。”

哦——原来丈夫还是个温柔的人。想象一下孩提时的丈夫，薰子不由爱怜地看着这个红薯印章。

“啊，对了。明天有‘全国高中生清唱甲子园’。冠军争夺战一定不能错过，要给我录像啊。明早六点四十分台场电视台转播。”

全国选拔的高中生合唱团不仅歌声优美，表演也很到位，因此是个人气十足的节目，薰子的丈夫非常喜欢这个节目。

“知道啦。那你要注意点儿雪啊！等着你的鲷鱼回来！”

笑着挂断了电话，薰子紧接着又给荞麦面馆打了电话。

“我订了餐。我是膳场，预订了今晚九点会送到的四人份跨年荞麦面。雪好像很大，还能送到吗？对，就是神乐坂上来以后的‘Vaugham 神乐坂’。进了大门后四栋建筑中最左边的……”

挂断电话后，薰子开始整理衣物。就在这时，门铃响了。虽然时间尚早，但也许是她们中的哪一个到了。薰子开心地跑到监控前一看，那小小的画面顿时让她有些头晕。当她终于理清了状况时，又开始紧张起来。这是怎么回事？今天可是除夕。啊，咲子、满里子、由香子，救命啊！

薰子一边在心底拼命祈祷，一边颤抖着解开了门锁。

晚上七点零五分 咲子

这不就是雪国吗？葛原咲子吃惊地站在原地。

虽然她知道今天从午夜开始就会下雪，但从早上开始就一直待在超市里的她却并不知道天气突变。秩父铁路被积雪覆盖，已经看不见铁轨了。同时，眼前的世界变得一片白茫茫。

灰色的天空中飘下的雪花随着时间的流逝逐渐变成了雪片儿。夹带着尘土的冷空气钻进鼻腔，刺得鼻子里面生疼。等上行电车开来等到不耐烦的咲子伸了伸腰，疲累的她耷拉着肩膀，用旅游鞋的后跟杵着地面。这是上个月才买的新鞋，可鞋尖已经开始脏了。自己是有多穷啊！平时自己都是根据职业需要购买高级时尚服饰的，而现在买了这双很多年都没穿过的旅游鞋，可见自己有多么无奈。

“受大雪影响，上行电车现在停运。实在非常抱歉，线路目前无法复原。”

听了多遍广播后，咲子终于放弃了，她将羽绒服的领口合拢迈开了脚步。其实她本该是九点钟时第一个到达薰子家的。但现在即便换车从秩父到神乐坂也要两个多小时。现在电车停运了，自己要怎么去那里？光是想想就觉得头疼。咲子一边爬上连接检票口的台阶，一边低头看着左手上提着的纸袋，里面装的是咖喱烤扇贝、熨斗鸡、虾羹和八幡卷。

只有母女俩的葛原家的年节菜只需要准备黑豆、海带卷和拍牛蒡就够了。这么豪华的年节菜只有在咲子父亲还在世的时候才会准备。家里自从咲子上高中以后就没再做过这样的年节菜。将生扇贝带壳放在铁网上烤，再撒上咖喱粉是父亲最喜欢的吃法。帮忙做菜的妈妈一边擦着眼泪一边回忆着父亲。

从今天到一月二日，母亲要和服饰教室里的学生一起去修善寺的温泉。这是咲子为了让她每年休息一次而预备的礼物。

过了检票口，湿重的雪猛烈地吹打在脸上，咲子反射性地闭上了眼睛。怎么这么冷啊。四周白花花的看不清。不大工夫，暴风雪更大了。等待出租车的人突然排起了长队，立时让咲子心情沉重起来。她只好无可奈何地排在了后面。她穿着的羽绒服外套上面已经积满了雪。

也许在到达东京前，自己今天的薪水就要花光了，但必须尽快到薰子家去。看来只能在过年后和“苹果服务台有限公司”联系一下，说明情况后请他们报销车费了。她不能因此而搁浅在秩父站。

最大的问题是，没有人知道咲子正在秩父站经受着暴风雪的考验。这还是她第一次对母亲、朋友以及恋人全都保密。想起真田的笑容，咲子的心中开始一下下刺痛。在青物横丁经营米店的他现在正在销售年糕，还要在商店街开年末特卖会。各项销售准备工作一定很忙吧。他们要到约好的一月三日逛庙会时才能见面。

啊，要是知道会碰到这种事情，我就应该和大家全都说清楚的。明明没有人会嘲笑她的窘迫。咲子的眼泪绝不只是因为刺骨的寒冷。大家像被人追赶着似的很快坐上了出租车，还有三个人就到咲子了。这时，咲子想起自己的钱包里只有一千日元。她手上的现金基本花光了。由于年末促销，消费者蜂拥而至的关系，此前发放的样品根本不够用，所以咲子只好自己掏腰包垫钱买了很多试吃商品。咲子慌忙退出了等车的行列，排在她后面的上班族则很快向前移动了一步。要快点儿取钱——咲子环顾四周，并没有看到银行或者 ATM。

咲子一边对自己的粗心深恶痛绝，一边掏出了手机。一定要尽快找到附近的取款机——但是，更令咲子感到气馁的事情发生了。她的手机显示此处无信号。咲子茫然地看着灰色的天空。都怪这大雪。要是再不向某人求助，自己今天就回不到东京了。可是向谁求助呢？咲子不由自主地闭目思考时，突然有个耳熟的声音响了起来。

“咲子？是咲子吧？真是怀念啊！还真是巧啊！”

咲子胆战心惊地抬起头，看见坐在奔驰后座上的男人。他穿着袖口讲究的上等西服。这种戏谑的眼神，还有让人搞不清他是否认真的表情都是咲子不想回忆起来的。但是，自从那天起，她就一刻都没有忘记过。从咲子听说他被派遣到秩父时，就感觉自己会和他再次相遇。

“你是因为大雪的关系坐不成电车吗？方便的话，咱们一起走吧。”

车门大开，仿佛能够看得见车内的温暖。啊，薰子、满里子、由香子，救命啊！我无法反抗这个人。在被吸引进车厢的同时，咲子对毫无改变的自己感到绝望。

晚上七点二十分 满里子

快点儿，再快点儿，再有三十分钟，丸兴百货商店日本桥分店的员工通道就要封闭了。除夕这天，百货商店会比平时早两小时关门，而且基本上不允许加班。明天是元旦，是每年一次的定休日，这是为一月二日的新年促销做的最后准备。满里子一边抑制着内心不断产生的焦虑，一边跪在冰冷的仓库地板上把粉饼、散粉以及口红等放进小纸袋中。金色的钻石标志是一万日元的“Lumiere”，银色星星的是五千日元的“Etoile”。装好的福袋都放在了右边。

“明明是他们员工的过失，为什么让被派遣来的我加班啊？神宫前那里肯定已经开始做节目倒计时了。我这个宴会带头人不去，他们怎么热闹得起来啊！”

高高噘起厚唇表示不满的是卖场里最年轻的派遣社员望月留美子。当了五年后辈的远藤保美突然生气地转向她道：“所以你才要道歉啊！要不是你搞错了货物数量，怎么会变成这样！我明天还要去男朋友家呢，今天还要为两家家长见面做好准备呢，我要做的准备工作多着呢！”

“无聊。就是因为你们营业部到了截止时间才说要做福袋，所以会出错。可是你们却这么说……”

丸兴百货的老社员——城山诗子——夸张地大叹了口气道，随后将她夹带着白发的披肩发别在了耳后。城山讲话犀利，待人接物也并不圆滑的她似乎被百货商店遗弃了。她从上个月起就被派到“波媞”的卖场帮忙，但是她的妆容粗糙，头发也只是用皮筋绑起来。如果让她到处闲晃很可能会影响自家品牌的形象，于是满里子总是紧紧盯着她。城山总是倚老卖老对他人指手画脚，这一点也很令人头痛。

“好了，你们要是还有闲聊的工夫就快点儿干吧！在雪下大前早点儿回去！”

满里子对三个放下工作争吵不休的部下严厉地道。她们三个同在一个团队却不懂合作，很令人头痛。真是，同样是四个女人在一起，但她们却和自己的好朋友们完全不同。薰子、咲子和由香子如果在这里的话，二三百个福袋一会儿就能装好了。满里子打开放在身边的Chloé大包，看了看里面放着的四个保鲜盒。幸好满里子住的是带有更衣室的杂居大厦，今天也会早早上锁，所以提早换好了衣服，将行李和外套都拿了出来。为了今晚，满里子让妈妈和姐姐帮忙做了金团、醋拌生鱼丝、伊达卷和煮红豆。这四样菜品称得上是年节菜中的装饰品，虽然满里子不善厨艺，但这些菜品却做得色彩艳丽、美观。本来想早早过去让朋友们夸奖一下自己的，没想到却走不开，而且还要将百货商店旧址地下仓库中的福袋全部重装一遍。

这里立着的八层货架直达天花板。用来保管展销商品的这个位于旧址的地下仓库由于距离新馆较远，所以销售员大多不喜欢这里。地下室里阴暗发霉，天花板上时而还会滴下水来。老鼠和蟑螂经常出入的这个地方在从业员中非常有名。手机没有信号的这个地方最近终于和新馆一样加装了安全系统，但是其他设备却还没有更换。尽管如此，在新春促销商品横流的时间点上，百货商店里能够把商品全部铺开装进福袋的地方也只有这里了。

满里子抬起头看了看架子上井然有序摆放着的对手公司准备的福袋。无论是出自知名设计师之手的福袋，还是带有金属边的纸袋都很不错，不愧是外资顶尖企业的手笔。

和为了应景而做的我们公司的福袋简直是天壤之别。

城山说得没错，公司不应该在人员不足的日本桥分店，而且还是在年末商战最为激烈的时候进行尝试。这样一定会出错。即便不用做什么福袋，“波媞”的品牌影响力与品质也会在新春促销中拔得头筹。尽管在店长会议上满里子苦口婆心地说了很久，但最终还是没有赢得营业部的赞同。

因为商品卖不动，所以总公司才会怯懦。也许卖场也是如此。再次镇定心神、打起精神的满里子麻利地将福袋整理好放到架子上，然后扬声道：“大家辛苦了！都停下吧！我们二日早上再进行最后的确认工作。今天可以收工了！”

满里子使劲儿站起身，她一边拍手催促部下，一边快速穿上了索尼亚·里基尔的深红色外套，挎好了手包。就在她快要走到入口时，保美的惨叫声在她身后响了起来。

“啊！完了！我的订婚戒指不见了！”

满里子回头看去，保美正趴在地上到处找着，根本没有顾忌是不是会弄脏她的制服裙。

经常在休息室里能够看到的戴在她左手无名指上的钻石戒指的确不见了。满里子顿感不耐。

“我嘱咐过多少次了，工作期间不要戴贵重物品！”

“对不起。但是我和他约好了的，无论发生什么事都不摘掉戒指。这是我俩心意相通的证明。如果明天两家人见面时，他发现我的戒指不见了，一定会生气的。”

保美一副要哭的样子，头抵在地板上查看架子下面。留美子和城山则在一旁一个劲儿地咂嘴道：“啊，真是笨蛋！要是远藤不快点儿出来的话，我们也没办法回家啊。”

“怎么这样……求求你们了，帮我一起找找吧！这是仅次于我生命的东西啊！”

满里子有些厌烦地看着声泪俱下的保美，但心中却又不禁一颤。再早之前，自己好像也是这样。雄太送的戒指成了无与伦比的珍宝。即便工作上出现了什么不愉快，只要轻轻摸摸戒指，就好像是他在注视自己一样。

“对不起大家了。大家都花十分钟来帮保美找戒指吧。”

当满里子意识到时，自己已经那样说着跪在地板上。留美子很快便厌烦地喊了起来：“啊？要是那么做的话，我们就真的要被关到一月二日了。”

“没关系啦！咱们已经递交了加班申请，而且咱们在这里的事情，保安和其他员工也都知道。最糟不过就是用出口的直通电话和保安公司联络一下，请他们帮忙打开安全锁。虽然这会让楼层主任大过年的就训斥咱们一顿，不过只要我道个歉也就完事了。贵重物品丢失我们可都是有连带责任的。拜托大家了，一起帮忙找吧！”

保美带着哭腔地小声说了句谢谢。大概是看出满里子找不到不罢休的决心，城山和留美子也相继跪在地板上找了起来。四个人静默无言地在地上找来找去。她们不仅找了地板上的各个角落，就连架子下面的缝隙也找了。大家仔细地搜索了一遍，但还是没有找到戒指。城山不耐烦地道：“喂，你戒指真的是丢在这里了吗？”

“肯定是。装福袋前戒指还在呢！”

说完后，保美一下子闭了嘴。她惊慌地转头看向身后，那里是已经装好的堆得像小山一样的福袋。最先尖叫出声的是留美子。

“不行不行不行。现在不可能再把福袋全都倒出来找戒指了！”

“不，还是应该找一找好……”

满里子强忍着站起身时的眩晕感继续说道。

“如果买到福袋的客人以商品里面有个用过的贵金属为由向公司要求索赔就糟了。”

仓库里一阵凝重的沉默。保美歉意地蜷缩着，像小动物一样怯生生地抬眼看着大家。再这样下去根本就来不及去薰子家了。就在这时，城山吃惊地道："你们有没有听到刚才大门咔嚓一声响？"

一种不好的预感袭来，满里子马上跑到门边。刚刚大门还开了一个五十厘米左右的缝隙，能够看到公司里的员工在通道上走来走去，但是现在大门却关得紧紧的。满里子抓住门把手使劲儿向左右拉扯，但是大门只是咔嚓嚓响了几声却纹丝没动。

"怎么回事？还有员工在加班呢，怎么就把门反锁了？保安在干什么啊？！"

难道是对手公司里的员工干的？突然闪过脑中的想法不禁让满里子冒出一身冷汗。保美战战兢兢地插嘴道："大概是因为咱们都在找戒指，正好被架子挡住了，所以大家以为里面没有人吧，而且也早就过了上锁的时间。"

"但是，咱们已经提交了加班申请啊。把正在加班的人锁仓库里，丸兴百货从来没有这么做过啊……唉，等下！"

满里子走过来使劲儿抓住想要别开目光的留美子的肩膀用力摇晃着问："我今天早上告诉你向楼层管理员提交加班申请了吧？"

留美子一副心灰意懒的样子，脸色难看地从制服中拿出一张折成小方块的纸片。

“对不起……我一直想着要把它交上去，结果给忘了。”

女人们一起“啊”地大叫着跑向出口，并且不顾一切地拍打着大门。

“来人啊！救命啊！”

“这里还有人！快开门！”

啊——绝对不能露出奇怪的同情心。满里子一边用拳头使劲儿砸门，一边在心里呼喊着好友们的名字。

薰子、咲子、由香子，救命啊！

晚上七点四十五分 由香子

我不在这里好像更好——深泽由香子一边盯着高高的天花板上打下来的灯光，一边出神地想。

眼前突然出现的女主持人的明艳笑容让由香子回了神。

“怎么样？年节菜的剩饭瞬间就来了个华丽变身呢。以前毫不起眼的配角一下子就变成了灰姑娘！”

“剩饭”“不起眼”“配角”，由香子觉得这些像是都在说她，可能是自己有些神经质吧。由香子总算镇定了心神，她笑容满面地将圆桌上摆放好的餐盘展示在镜头前。

“好了，完成了。这就是用年节菜中的黑豆过筛后做成的‘蜂蜜布丁’，海带卷加工后而成的‘豆乳奶油和风意大利面’。还有沙丁鱼干，用帕尔马干酪和洋芹烤制一下就会变成深受孩子们欢迎的‘补钙食品’！”

摄像机背后的工作人员响起一片热烈的掌声。

“人气企划《剩饭整容大作战》新年版大获成功！今年也请继续支持《深泽由香子的暖心烘焙》！下周在您吃腻了年节菜后就请尝试下更加美味的《由香子的特别咖喱三连发》！”

用整容来形容食物，真是奇怪的日语。

由香子虽然坐在高声说话的女主持人身边赔着笑脸，但心不在焉。年节菜都还没吃，而且也还没有装盒就被当作剩菜处理成了其他菜肴，真是好奇怪。由香子想起交给 AD 堀井保管的 Marimekko 包里装着的黑豆、海带卷后消沉起来。年节菜里最费工夫的就是前菜了。比起介绍如何给食物整容，她更喜欢为观众介绍如何让年节菜好吃到一点儿都不剩又方便好做。在主妇博客上极有人气的由香子经常会介绍怎么用冰箱里的食材迅速做出好菜的简单菜谱。

“非常感谢！”

镁光灯消失后，四周一片道谢声。自从上电视做节目以来已经过了三个月，但由香子至今还是没有习惯她重返现实的那个瞬间。在屏幕上给人以朝阳下的海边咖啡馆印象的厨房是用几张平坦的胶合板与道具合成的。女主持人快速脱掉围裙并把它交给制片人，然后潇洒地解开了原本利落束起的长发。她带着一阵清香，丰满的胸部就展现在拉开的栗色窗帘下，那情景让由香子看得入迷。

“由香子，今天给您添麻烦了。本想说工作结束一起吃饭的，但不巧的是我还要主持一个台里的歌唱节目《鼓起勇气我来唱》。”

“啊，没什么，我才要说给您添麻烦……”

还没等由香子说完，女主持人已经转身踩着高跟鞋潇洒地走了。她被紧身裙包裹的臀部左右摆动，吸引了工作室中男性的目光。常常因为恋爱而登上八卦杂志的她刚刚被家庭主妇阶层所接受。但她拥有明星的美貌与风采，因而很受欢迎。她经常主持一些大型节目。总之，虽然这个节目被冠以由香子的名字，但其实真正握有实权的是这个女主持人。有一次由香子打算介绍一下咸乌贼的做法，但因为她说乌贼黏糊糊的令人讨厌，所以之后没有被采用。之所以会在除夕这天录制节目也是为了配合忙碌的女主持人的时间。

如果有这么漂亮的人邀请的话，阿龙大概就不会在意我了吧。或许现在也是如此——由香子看着女主持人走出录影棚的背影胡思乱想起来。堀井把由香子的手包扔了过来。

“由香子，辛苦啦！看到同样都是新人却这么努力的你，看来我今年也要努力了！由香子，明年也要请你多指教啦！”

堀井染着金发、戴着耳环，他的高个子与单眼皮还有难以捉摸的表情都给人一种精悍之感。第一次看到他时，由香子总觉得他是个非主流青年，因而感觉很害怕。但多亏了他的鼓励与关怀，她才在第一次参与的大型节目中平安度过了三个月。

“今天的菜看起来也很好吃啊！配菜也能这样变废为宝啊！”

“那个……其实，配菜什么的……”

“由香子，你正月怎么过啊？你丈夫会从澳大利亚回来吧？”

这个单纯的问题一下子戳到由香子的痛处。她假装无所谓地道：“不。正月他好像回不来，要和客户见面。”

真的是这样吗？这几天横在她内心的那根刺又在隐隐作痛。

“啊，那你可真是寂寞啊。”

“嗯，但是没关系。今晚我要去朋友家准备年节菜，然后会和她们一起过元旦。二日、三日也会在娘家过。”

由香子表情明媚地抬头看向堀井，但内心却暗流涌动。

你是他老婆吧？

两星期前，由香子接到一个国际电话。那明显是个喝醉的女人的嘶哑声音。

我啊，好喜欢你老公。我会把他从你身边抢走的！

女人嘻嘻笑着挂断了电话。那是一个恶作剧？还是？由香子想到了一个人——在丈夫龙之介邮寄回来的与澳大利亚分公司的同事一起拍摄的视频上，笑闹着依偎着丈夫的强健臂膀、有着小麦色肌肤的魅力十足的年轻女性。她是自己和丈夫聊天时总会出现在丈夫言辞中的当地日本工作人员“阿美”。

由香子不想怀疑每两天就会与自己网络通话的温柔丈夫。在没有充分的证据下，她也不想把这件事告诉好朋友。弄不好急脾气的薰子就会坐上飞机去找丈夫对质了。

虽然由香子想信任丈夫，但她也清楚自己并不性感。除了丈夫之外，她没有和其他男性交往的经验，而且也没有被人追求过，应该说她以前就不善于与异性接触。由于她是女校毕业，因此能够从容地与同性朋友相互关怀，并在这种交往中培养出优雅的兴趣和爱好，这令她感觉很幸福。但与此同时，她也欠缺了女人该有的扣人心弦的魅力与魄力。

由香子的眼前逐一闪过咲子、薰子与满里子的美貌。还是大家好啊。原本以为自己对网上中伤自己外貌的评论一笑置之就是变得坚强了，但她在电视台工作这段时间却越发真实地感到自己缺少雍容华贵的气质与魅力。即便丈夫某天移情别恋也无可抱怨。

即便是满里子，她的恋人也会被其他女人夺走。在那个夏天失恋之后，满里子没有像以往一样开始联谊，而是更专注自己的事业。虽然责任感强的满里子也很好，但由香子还是觉得她有点儿寂寞。她憧憬的是不断恋爱、满不在乎又妖艳的满里子。满里子替自己做了自己做不到的事情，是一位耀眼的主人公。由此也能看出满里子是对高须动了真情吧。算了，还是先把这些阴暗的情绪丢在一边吧——由香子用力把手提包挎在肩上，跟着堀井走出摄影棚。

今晚在膳场家指挥做年节菜的肯定是自己。只要明天有膳场钓来的鲷鱼，自己的这种失意就会消失了吧。

“回去时，外景车会送你到滨松町车站，你能不能坐上 JR 线啊。都内已经发出大雪警报了啊。新干线停运了，飞机也在相继停运。”

“啊？这么严重？那么说，外面在下雪啦？”

由香子一边和堀井走在摄影棚外的走廊里，一边四下张望着。电视台到处都是墙壁，简直像个组合而成的迷宫，别说时间或者天气了，就连方向都找不到。

“是啊，要不我送你去朋友家吧。”

“谢谢。不过，满里子她们可能也耽搁了吧。”

或许是因为不安，由香子不由自主地拽了拽耳垂。今天晚上，她们四个无论如何都要聚在一起。薰子的婆婆会在二十小时之内到来。她们一定要在她婆婆到之前做出能够装满四层食盒的完美年节菜，否则薰子的面子就要丢光了。想到薰子难为情地向她们三个说明原委的时候，由香子觉得再怎么帮助薰子都不过分。薰子自从出生就没吃过家里做的年节菜，而且也从来没有过和家人一起过年的经历。这让从妈妈那里学会做年节菜的由香子想想就觉得心痛。

由香子身后传来了一阵脚步声，同时，一个男人的声音响起："深泽由香子！太好了，还好你没走！"

"对不起，能占用你一点儿时间吗？"

由香子闻声转身，看到的是把毛衣披在肩上的五十岁左右的微胖男人和阔嘴前辈——猿渡敏郎。他满头大汗地跑了过来。

"阔嘴前辈？好久不见！自打薰子婚礼之后第一次见面呢！"

由香子曾经和咲子的恋人真田的前辈——阔嘴前辈——在薰子的婚礼上组过乐队。虽然自那之后再没遇见过，但由香子经常能在电视上看到作为年轻搞笑艺人而崭露头角的他的细长眼睛和大嘴。最近他则因成为编剧而广为人知。

"对不起。突然求你办事是有些唐突，不过，您能帮我们做年节菜吗？"

"年节菜？现在吗？在这里？"

这个意想不到的请求让由香子糊涂了。就在她看着阔嘴前辈露出与他完全不搭的认真表情而感到疑惑时，微胖的男人则使劲儿低下头，深深向她鞠了一躬后递上自己的名片。

“我是制片人矶贝。是这样的，我们在京都的日式酒家预订了一个四层食盒的年节菜，本来预计要在现场直播的综艺节目中使用，但由于新干线停运，现在食盒无法送达。这个节目是要在元旦的凌晨一点播放的正月特集，所以只能在五小时之内再另外准备一份年节菜。就算我们现在预订，也已经是除夕夜的晚上八点了，都内较好的餐厅早都歇业了。所以现在订购是不可能了。今天员工食堂也关门了，所以现在电视台里我们只能请老师您来帮忙做菜了。”

“老师什么的谈不上……请问，要是没有年节菜，节目就不能进行了吗？”

阔嘴前辈和矶贝互相看了看，然后垂头丧气地拿出了一本剧本。

“不能。这是我写的剧本。这个题目已经见报了，现在再改的话……”

剧本的封面上写着“新春搞笑 Big Show、人气搞笑艺人组合携超豪华年节菜直播至清晨”。由香子总算弄清了情况。

“但是我必须回去了……而且，就算我想做年节菜也没有容器和食材啊。”

“啊，我们已经准备了四层的漆制食盒。您就帮帮我们吧？”

由香子没有回答。她轻轻叹了口气。这就是男人，既没有准备也没有助手，一个人在五小时之内怎么可能准备好年节菜。即便她今晚做好的年节菜也是她们四个人分工，然后又准备了几天才好不容易做成的。

“拜托你了，深泽老师，帮帮我们吧！”

“拜托了。我们一定全力协助。只要是台里有的你都可以使用。我负全责！”

虽然两个男人一脸诚惶诚恐，但由香子却微微感到有些得意。她有生以来第一次感到自己是这么被人需要。在由香子身边始终不发一言的堀井这时也弯下腰来对她轻声道：“我也拜托你了。就让我看看平时的你所展现的魔法吧！我也会帮忙的。”

决定了。由香子挺直背，然后看了看自己的提包。不要紧，给薰子发一封邮件吧。最糟的也不过就是明天一大早到她家去重做。红烧的菜并不难做，而且满里子和咲子也在。而且，她们曾经有过约定。

工作和恋爱的机会要排在友情之前。我们不能破坏这一约定。

对，这是作为烹调研究家的一项巨大挑战。能够在电视剧或电影中作为布景的一道菜肴——所谓的“瞬间道具”——上发挥作用也好。自己像是变成了令人尊敬的饭岛奈美。由香子觉得只要能够实现这个高难度的请求，就能获得新生。她会变成不被忌妒、疑惑而左右的强大的深泽由香子。不是对剩饭剩菜进行重新加工，而是制作超豪华的年节菜，这让由香子激动不已。由香子从提包里取出了围裙。

“我知道了。我答应你们。先带我去员工食堂吧，那里可能有用得着的食材。”

几个男人顿时高兴起来。由香子跟在他们身后勇敢地在走廊上阔步而行，同时她反手麻利地系紧了围裙。大家等着看吧！

晚上八点四十五分 薰子

红白歌合战大概是为了拯救平时不见面的婆媳间的沉闷气氛而存在的。实际上，如果没有等离子电视里正在播放的偶像组合“VIPS”的歌，薰子根本没办法在客厅里待下去。

电视画面的一角显示的是气象情报与道路交通状况。大雪依然没有停止，但都内的道路交通总算恢复了。可为什么她的几位好友谁都没来呢？

“我说，薰子，现在才做年节菜来得及吗？我来帮你吧。”

坐在电视机前沙发上的婆婆突然转头对自己说话。站在敞开式厨房里，正在用饼干模把胡萝卜做成梅花形的薰子回了神。菜板上放着的并不是胡萝卜而是红薯。不好，差点儿一不留神就把丈夫做的红薯印章弄碎了。薰子连忙把红薯放进橱柜里的果篮中避难。

“啊，不用。那个，就剩下红烧菜了……婆婆您坐了那么久的飞机也一定累了。”

“哎呀呀，就是说除了红烧菜，其他年节菜全都做好了啊。你可真能干。黑豆、金团还有熨斗鸡，真想早点儿看看装好的这些菜。我说，装盘的时候让我来帮忙吧。”

婆婆戴着浅色眼镜的眼睛里透出直觉敏锐的精光。薰子觉得这位在刁难她的女性或许已经看穿了一切。啊，伙伴们的年节菜到底什么时候才能送来啊！

——红烧菜首先要把材料切好，用芝麻油略炒一下之后再用高汤煮就行了。谁都不会做不好的。

由香子是这么说过。但是，自己光是准备蔬菜就已经筋疲力尽了。黑豆、金团之类的大概自己一辈子都做不出来吧。真是不该死要面子活受罪。

“好像给你添麻烦了啊。因为关东发布了大雪预警，所以我就想赶在停运前快点儿登机。”

婆婆不知何时站在了厨房门口，吓得薰子心惊胆战。她赶忙将以备万一写下的红烧菜谱快速藏在菜板下面。

“没有，哪里添麻烦了……”

要是怕添麻烦，您倒是来之前先告诉我一声啊——薰子想。

当薰子在可视门铃里看到本该明天才到的婆婆时真是备受打击。就在婆婆由公寓入口走到自家门前这段短暂的时间里，薰子的大脑飞速运转着。她把身上的睡衣换成了毛衣与居家裤，收起喝了一半的啤酒，然后又将待洗的衣服、杂志等收进了二楼的卧室，还把冰箱上贴着的“年节菜分担表”拿下来塞进了口袋。

“这个公寓里的住户门上没有新年装饰物的就只有你们家。你家真的做过大扫除了吗？还是到处都很脏啊。”

薰子刚和婆婆一起把沉重的行李箱搬进家里，婆婆就四处巡视，然后处处叹气。薰子知道，自从婆婆知道他们要结婚，第一次见到她时就不喜欢她。神经质又喜欢嘲讽别人的婆婆和心胸开阔的丈夫是完全相反的类型。

在偏远的鹿儿岛离婚后独自将两个儿子养育成人的婆婆虽然令人敬佩，但因此就对自己颐指气使。第一次看到婆婆时，她拿起桌子上的食盒，看着它爱怜地这样说：“膳场家的女人代代都是用这个食盒装年节菜迎接新年的。既然你嫁到了我们家，那就一定要把这个传统继承下去。”

从新婚旅行地石垣岛回来时，他们顺便去拜访了婆婆和小叔夫妇居住的丈夫的老家。这个食盒就是那时拿来的。老实说，薰子当时很想说“我做不到”。她不会做菜，而且从她懂事以来就不记得家里做过年节菜。只知玩乐的妈妈恐怕都不知道沙丁鱼干是什么。而自己自从在出版社上班后，腊月里总是忙得应接不暇，根本没有时间去做费事的饭菜。

然后，还没等薰子开口解释，婆婆早已用委婉却又不容分说的语气下了定论：“工作的同时也要照顾好家庭，这样的觉悟你是有的吧？我每星期都在保险公司工作五十小时以上，尽管如此，我从来没有因此疏忽过家里每天的饮食或是节日菜肴。”

明明忍住就好的，可是婆婆那副扬扬自得的样子却一下子惹怒了薰子。别说了！虽然心里在这样想，但薰子还是要暗气暗憋。

“知道了。到时我会给您看岛田家秘传的年节菜。过年时请您一定要来玩。”

为什么当时要那么说啊？薰子很快就后悔了。她难为情地将事情的始末告诉了朋友们，最先说话的是由香子。

“你一个人是做不出来的！不是还有我们嘛！除夕那天，大家分工来帮薰子做年节菜吧！然后让元旦来的婆婆大吃一惊！”

即便自己现在想要逞强，没有大家在也还是做不到。

“哎呀呀，你用饼干模来做装饰菜啊。现在的年轻人真是偷懒啊。来吧，我做给你看。”

婆婆强硬地推开薰子站到菜板前。她用刀如神地快速切起胡萝卜。很快，漂亮的梅花就积成了堆，薰子着迷地看着，甚至忘记了懊恼。

看看自己切得歪七扭八的蔬菜堆，薰子灰心地垂下肩。发现干木耳没有泡发后，薰子的情绪更加低落。她完全不清楚干木耳多久才能泡发。

“明天深泽由香子也会来吧。”

不知何时回到客厅，伴着歌手演唱的桑巴舞曲轻轻摇动胳膊的婆婆热络地说道。

“现在就好期待见到她啊。我每周都会看她的《暖心烘焙》！我和打高尔夫的朋友们说起自己要见到她了，她们都羡慕得不得了！又坚强又可爱，还会顾家，真是理想的媳妇啊！还有那个钢琴老师咲子！她和 NHK 的早间连续剧里登场的那个什么女明星真是太像了！肯定是位高贵典雅的大小姐吧。还有那个漂亮的化妆品店的满里子。我用了她告诉我的乳液之后妆容更加服帖了。我还要再向她请教请教。”

婆婆十分喜欢在薰子婚礼上见到的她的好友们。明明是自己的好朋友们得到了夸奖，可为什么薰子心里却感觉针扎般的难受呢？薰子觉得婆婆是在含沙射影地责怪她。她在说自己既不可爱又死板，没有生在正经家庭里，而且绝不可能像由香子她们那样成为“让家人自豪的女儿”。

不过，已经快要九点了，为什么还没有人过来啊？薰子每隔几分钟就会趁着婆婆不注意的时候偷看一下手机，直到现在还是一条短信都没有。是不是天气不好，信号受影响了啊——比起分担年节菜的事情被婆婆知道，薰子最先担心的是自己的朋友们。她们是不是因为大雪的关系被困在什么地方了呢？大家都平安无事吧。还有，自己能够在明天丈夫回来前应付好婆婆吗？快点儿来人救救我吧，咲子、满里子、由香子。

就在这时，仿佛是薰子的祈祷灵验了，门铃突然响了起来。天助我也！薰子都没确认一下是谁就直接跑过去忘情地解开了门锁。

“都到除夕夜了还有谁会来啊？”

薰子顾不上婆婆的质疑，忘情地等在玄关旁。当她推开房门时，看到的是手里拎着餐盒、穿着白大褂的男人。

“让您久等了，膳场太太。这是您要的四人份新年荞麦面！”

薰子花了几秒钟才想起自己订了餐。婆婆生气的声音从薰子背后刺了过来。

“一个人竟然吃四人份！你这么瘦还挺能吃啊。还是原本就有什么人要来啊。”

完了——薰子一秒都不想和婆婆对视。她慢吞吞地接过沉甸甸的餐盒。

晚上九点十五分 咲子

尽管已经用吹风机吹干了头发，但刚从温泉出来的粉红脸颊还是令咲子感觉可恨。她把开衫毛衣上所有的纽扣都扣了起来，战战兢兢地回房间。火炉的气息扑面而来。尽管是这种时刻，咲子还是想起女校里冬天的教室，她突然觉得十分怀念。

“什么嘛，你竟然没穿浴衣。真扫兴。”

佐久间咏一郎已经早早换好了浴衣，悠闲地横躺着，一边听着 iPod，一边喝着睡前酒。咲子的视线马上从他裸露的骨感前胸移开，随后生硬地道：“你不看红白？”

“我不听日本歌谣的，你应该最清楚的吧。”

咏一郎一边看向咲子，一边动作优雅地摘掉了 iPod 的耳机。咲子从微微流泻出的低沉旋律中听出了这是肖邦的《雨滴》。这也是她在音大读书时与咏一郎结缘的曲子。他在琴房里看到弹钢琴的咲子，然后通过朋友表达了想与咲子交往的心意。咲子看向窗外黑暗的大山，以此打断自己苏醒的回忆。除夕夜的温泉旅馆竟然如此静谧。咲子总是能够听见暴风雪发出的呼呼声。大风偶尔还会拍打得窗户玻璃，震颤不已。

“可以开电视看一会儿吗？我想看天气播报。”

不等咏一郎回答，咲子已经握住房间里备好的遥控器，然后试着换了几个频道。虽然每个频道都在播放除夕夜特别节目，但都会在屏幕上方显示气象与交通状况。看到埼玉县全境自今晚起至明天都有大雪，咲子失望地垮下了肩。算了，几小时之后总会有办法的。总算打起了精神的咲子抓起咏一郎身旁的被褥，与他拉开了很大距离。

真是，自己都在前台说了那么多，那个女服务员还是把两个人的被褥摆放得这么贴近，真是不知道她怎么想的。

这个人和我既不是恋人，也不是夫妻，更不是兄妹，就是认识而已！我们是因为大雪走不了，所以才不得已一起住一晚的。除夕夜当天很难订到住处，而主办这个人的演讲会的市民会馆为他预备的房间恰好是双人房，所以才不得已住在一起的！

今晚上不能睡，等到天一亮就马上坐早班车去神乐坂。咲子端正地坐在褥子上，她握紧的拳头放在膝盖上。别以为我还是那个因为你恰好经过帮了我，我就会全都听你的话的八年前的我。自己明明一直在避开这个帅气又身为青年声乐家而经常出现在电视或杂志上的人，可没想到却还是沦落到要与他共度一夜。

“话说回来，除夕之夜，你却特意从东京跑到秩父来，是不是有点儿期待能够遇见我啊。”

“我都说了好多遍！我是在做免费品尝的推销员！”

“哦。你知道我每年都会在除夕夜来秩父的市民会馆做演讲、开独唱会吧。我叔叔是这里的议员，你还记得吧。”

“我哪知道！你是你，我是我，别总按你的想法去思考别人的事情！你我的学生时代已经结束了！”

咲子被他那种逗弄自己的语气惹火了，她出口的话竟然那么严厉。偏偏在这样的日子里遇到他——咲子咬紧了唇。

不能对恋人和妈妈、朋友们说的秘密竟然被恶魔般的前男友知道了。

这几个月里，钢琴教室的学生急剧减少。虽然咲子也通过做上门家教等方式绞尽脑汁开拓新生源，但在如今不景气的经济形势下，每个家庭最先削减的就是才艺学习费。咲子最终决定要做副业，但如果在都内工作有可能会被学生家长发现。而且如果总是在一个地方连续工作，她害怕自己逐渐远离钢琴，思来想去，最后从这个月开始在派遣公司做了登记。

她假装去做“上门家教”，然后在每个日薪高的节日或周末去千叶或者埼玉，尽量去较远的大型超市打工。她要戴着三角巾、穿着围裙，通过让顾客试吃瓶装咖喱、维也纳香肠、快餐汤等拼命地向他们推销。这对原本不善于大声说话与自我表达的咲子来说是份苦差事。

“我不喜欢你在超市里打工。你男朋友还真好意思让你做这样的工作啊。”

他满带同情的目光令咲子恼火。

“我没……对他说。而且，我也用不着你操心……”

“唉，你还真是冷漠啊！那也就是说，你们离结婚还远着呢。”

被咏一郎抓住自己最不想被人触摸的部分，咲子的脸一直热到了脖颈。她抓起枕头用力向他扔去，但他却笑嘻嘻地轻松避开了。他从前就是这样的人。无论自己是多么认真地在生气，他绝不会劝阻自己。

他是音大无人不知的“王子”。著名的指挥家与钢琴演奏家的爱子，同时又帅气有才的咏一郎是大家的憧憬。那时真的很高兴这样的名人竟然会注意到安静又不起眼的自己，于是自己无论穿衣打扮都努力去迎合他的喜好。只要是他的召唤，无论去哪里，她都是随传随到。即便他有些花心，自己也会忽略掉。是薰子的一句话让咲子找回了自我。

我再也看不惯这样毫无原则的咲子了。上女校的时候那个保守又耿直的你去哪儿了？你打算以钢琴为职业的梦想还要不要了？

不能再这样下去了——带着这样的想法，同时借助朋友们的力量，自己才能在毕业时彻底离开了咏一郎。咲子再也不想回到那个时代。没关系，自己已经改变了——当咲子发觉时，咏一郎已经与她近在咫尺。

“我们重新开始吧？”

他那清爽的前发和香水的味道令人怀念到想哭。他还是像从前那样温柔地低语着。

“我忘不掉你弹的钢琴。我受不了你为了生活而从事不喜欢的工作。假如是我的话，我一定能让你梦想成真的。”

察觉到他的唇在一点点靠近，咲子慌张地躲闪着一下子站了起来。为了止住心脏的猛跳，她深深吐了口气。差点儿就在那一刻动摇的自己让咲子害怕极了。但是，难道咏一郎并没有忘了自己？自己已经不再快乐地弹琴了。现在的自己总是在意钱。

我想活得更加轻松。

“喂，荞麦面和饭团你要哪个？”

听到咏一郎悠闲的声音，咲子吃惊地抬起头。此刻他早已没了刚刚的甜蜜之感，转而专心地看起了点菜单。咲子有些扫兴软绵绵地坐了下来，然后把枕头抱在胸前。

“你不饿吗？明明是除夕啊，菜品却这么少。我要荞麦面，你呢？”

“……饭团。”

其实咲子想吃荞麦面，但自己不想和咏一郎面对面吃一样的热面。

“哎呀，你如果没那个意思，我是不会侵犯你的。我发誓……而且外面还下大雪呢。反正都要在一起一个晚上了，咱们还是轻松地聊聊过去吧。”

就在已经厌烦了思考是否该相信他说的话时，他的话让咲子感到自己的紧张情绪一下子消失了。就按他说的办吧。咏一郎是绝不会强人所难的。他本身也不是那种肆意妄为的人。而且我们也不是因为讨厌彼此才分手的。

咲子看着转过身去给服务台打电话的咏一郎，突然感觉到有些抱歉。就算市民会馆支付费用，但住宿费和餐饮费也要他自己出钱的。他是绝不会让女人付账的。所以，即便稍后自己转账给他，他也不会收吧。至少自己应该做点儿什么。就在这样思考时，咲子的眼睛正好看到了纸袋。

“那个……单吃荞麦面吃不饱吧，要不要一起吃？我做了年节菜。”

对不起了，薰子。这是紧急情况，我只是分给他一小点儿。而且，就算我不在，现在你也能和由香子、满里子一起做出漂亮的年节菜吧。

转过头的咏一郎脸上闪出欣喜的光彩。咲子想起自己曾经很想看他这种开心的表情，音大读书时还曾经在他的公寓里做过自己刚刚学会的菜。那时自己为了能够让极为挑食的他营养均衡煞费苦心。

恋人与朋友的样子在窗外的大雪中消失不见。

晚上十一点二十分 满里子

再有一会儿就要过年了。

现在，咲子她们应该在吃着新年荞麦面、喝着香槟，为基本已经完成的年节菜庆祝吧。她们三个拥有一切的幸福女人有没有为自己担忧呢？满里子打开手机看了看时间，然后再次将额头抵在膝盖上。无论看多少次都是“不在服务区”。这里没有天线。她们被关在这个仓库里已经将近四小时了。坐在又冷又硬的地板上弄得满里子的腰特别痛。同事们早就开始默默地闭目养神。大家一直叫门，喊到喉咙都干了的事情好像发生在很久之前。每当天花板上有水滴滴落，或者地板上有老鼠溜过时，大家就会发出轻微的喊声打破这沉默。

城山身体倚着门闭目养神，而留美子则还没有放弃，她拿起放在架子上的手机在找信号稍好的地方。保美一边哭哭啼啼地抽着鼻子，一边还恋恋不舍地在每个福袋中寻找着戒指。真是，也不想想这都怪谁。满里子不由得瞪了她的背影一眼。

“啊，我受不了了。一直在这种地方待到一月二日。我可受不了自己这副样子。一定要做点儿什么！”

留美子突然的尖叫声让大家都茫然地看向她。不知道怎么回事，她慢慢从制服的口袋里拿出了打火机和香烟，随后点着了香烟。满里子有些泄气，但作为店长的她还是要警告留美子一下。

“留美子，我不知道其他派遣地什么情况，但在‘波媞’，所有员工都要禁烟，记得你来的当天我就说过，不要用带着烟味的手去碰客人的脸。”

“等我们出去后，我再听您说教。店长，你看。”

留美子叼着香烟踩着架子灵巧地爬上去，直到爬到第八层后，用右手抓住架子，左手则拿过叼在嘴里的香烟。她探身让香烟逐渐接近天花板。大家都着迷地看着她如同杂技演员般的一系列动作。

“你看，店长。要是让香烟靠近火灾报警器，警报声会叫来消防车吧？那样我们就能得救了！”

原来如此。马上明白过来的满里子立刻站起来。她抓住架子用力摇晃着道："不行！留美子，你快下来！"

"干吗呀，我要掉下去了！"

"假如你启动了报警器，那么自动喷水装置就会淹了这个仓库！"

"啊？现在没时间顾虑这个了吧。"

"我说了不行。这个仓库里不仅有化妆品，还有皮革制品与贵金属，以及二十多个品牌的福袋。如果这里闹水灾，它们全会跟着遭殃。只是咱们一家卖场的东西还好，可是如果让整个楼层的店铺都跟着你遭殃，这就是最糟糕的销售员！尤其是皮革制品，它们弄湿了就全毁了！"

很快，留美子不满的声音和烟草的味道一起从上面飘了下来。

"我才不管这些呢。我和你们不同，就算某天被开除也说不了一句怨言。我想做就会去做。说实话，我最讨厌的就是店长你这种装得像是三好生一样的人！还不就是因为你才变成现在这样的吗？"

留美子不再说话了。

但是她的身体还是在向上探。满里子用尽力气使劲儿摇晃架子。失去平衡的留美子手没抓住，惨叫着从架子上摔了下来。立刻打算接住她的满里子在下方做了肉垫，她的腰被狠狠地撞在地板上。实际体重要比看起来重很多的留美子的身体压迫着满里子的内脏，满里子痛苦地呻吟了一下。

留美子慢吞吞地默默站起身，拾起掉在地板上的烟蒂，怄气似的走到房间的一角蹲下不动了。

“最大的问题是……”一直沉默不语的城山说话了，“我们被关在这里，但是没有人发现，就算是求救也没人会来。”

城山的话让仓库里的空气变得更加沉重。有些后悔的保美说：“我是被他爱着的！所以他才送了我这个戒指……他一定是工作累了，早早就睡着了，所以才没有发现我发的信息……我和没有订婚的前辈们可不一样！”

保美说完后马上就后悔地捂住了嘴。满里子已经没了回嘴的力气，她正在出神地回忆着雄太。如果他们还在交往的话，雄太会来救自己吗？自从和雄太分手后，为了不让自己感到寂寞，她本打算开始专心工作的，但是被下属疏远，销售额也直线下降。以前有那么多异性会奉承自己，说自己漂亮，但是最近却连和自己搭讪的人都没有。虽然没有人说，但是现在享受公主待遇的是咲子她们。或许这样下去的话，我就会——满里子看到城山干燥的皮肤和凹陷的双眼，她使劲儿甩了甩头。

我不会变成那样。我始终都在做皮肤护理，而且眼线也画得极好。城山的容貌其实也并不差。注意到这一点后，满里子站了起来。她像着魔般地从架子上取下一个福袋，然后一把撕下上面的装饰。

“店长？”

保美惊讶地叫道。

“这个Etoile，我买下了。听我说，现在光哭于事无补，不如我们就在这里进行‘波媞’的实务研修。”

满里子精神饱满的声音使大家都转头看向她。对，现在不是等着别人对自己露出笑脸的时候，我已经不是只会任性的小姑娘了。

“城山你不想变成令人大吃一惊的美女吗？咱们四个能够像这样不用工作聚在一起的机会太少了。这个‘Etoile’能够让女人变得多美呢，咱们的福袋能够达到怎样的效果？现在正是一个仔细思考如何向客人做宣传的绝好时机啊！时间就是金钱，快！”

留美子和保美都惊呆了。城山脸色大变，她极不自然地开口说道：“算了吧。我……”

“不行。这是店长的命令。来吧，首先用人气商品——涂抹式乳液‘Diama’来调整肌肤。保美、留美子，你们站在城山旁边，不要让她乱动。”

保美和留美子连忙站起来锁定了目标。

“你们干什么啊？”

两个人的眼睛亮晶晶的，似乎也很高兴能够按住平时总是整治她们的城山。满里子从包里拿出湿巾擦净了手指，然后又从随身携带的化妆包里拿出化妆棉沾满“Diama”。然后，她的手逐渐靠近城山因为恐惧而僵硬的肌肤。

满里子毫不吝惜地用福袋内的化妆品为城山做着打底与眼妆，她身旁的留美子和保美都用不同往昔的崇拜眼神盯着满里子。就在满里子一刻不闲地用化妆刷与粉扑时，她回想起了自己的中学时代。

在初高中一体的女校中，我行我素、自我陶醉的满里子令同学们敬而远之。她认为交不到朋友是因为大家都忌妒她。女生真是相当阴险——那时满里子这样对自己说。她并不愿承认自己的孤寂。满里子忘不掉咲子第一次和始终在逞强的自己说话的那一刻，忘不掉那时的自己有多么高兴。

“立花同学又漂亮又有趣啊。对了对了，如果你方便的话就来参加我们的茶会吧。由香子和薰子也会盼着你来呢！”

从那天起，满里子就一直和她们三个在一起。因为有她们的关怀，她才能挺过失恋与工作的辛苦。就像她们为自己做的那样，满里子也想为身边的人做些什么。

满里子用大号化妆刷将带有金粉的腮红轻轻扫在城山的两颊上后，又引来了另外两人的一阵尖叫。

“好了，完成了。城山，你真是太漂亮了。请你自己看看吧。五千日元就能打造出这样的美女，谁还会扔掉咱们家的福袋呢！”

接过满里子递来的镜子，城山小心翼翼地偷看了一眼。她吃惊地看到镜中映出的比自己年轻十岁而且知性十足的冷美人。保美和留美子也都兴奋地轻轻拍着手。

“真不愧是店长。我们学到了脸颊的化妆技巧。”

“眼睛的打造方法也很高明，真是厉害！”

“新春特卖时，咱们也用这个变身来说服顾客吧！”

就在大家情绪高昂时，城山突然抓住了满里子的手腕。

“……店长，你看……”

满里子顺着她的目光看去，原来是安放在墙壁上的直通电话。为什么之前一直没有发现呢？对了，一定是刚才留美子爬上架子时，因为自己用力摇晃使架子移位了，所以才露出被遮住的墙壁。

“太好了！这样就能呼救了！”

满里子高兴地跳起来，忘情地跑了过去。就在她拿起话筒时，城山沮丧地说：“没用的。我想起来了。这个电话是以前的保安公司专用电话，不可能打通的。让大家白高兴了，真是对不起。”

满里子握紧话筒的手就像被糨糊粘住了一样，怎么也放不开。无论如何也不能舍弃希望。既然这部电话没有被拆掉，那也就是说它能够接通某个地方吧。

神啊，求求你。但愿有人来救救我们。

晚上十一点四十五分 由香子

贴了“《音乐赐福于我！》VIPS三桥胡桃休息室”的房门后探出的高瘦之人不仅看不出年龄，更加分不清性别。他涂着黑眼圈、顶着一头金色的短发。他大概就是由香子要找的目标人物，业界第一实力化妆师——芦田澪。由香子将包着食盒的包袱皮抱在胸前，努力露出一个大大的笑容。

“你有什么事吗？还有三十分钟，胡桃就要出场了，现在正是忙的时候呢。因为是新年的第一次独奏活动……”

他的声音沙哑，果然亦男亦女。

“抱歉打扰了！能够稍微占用您一点儿时间吗？”

说着，由香子快速从打开的门缝里钻了进去。与此同时，由香子身后的阔嘴前辈和堀井也按照事先约好地跟着进了门。三个人跌跌撞撞地挤进休息室后，被他们撞得差点儿跌倒的澪也坐在椅子上。在营造出舞台灯光效果的镜前坐着的美少女厌烦地看着他们。VIPS组合中最具人气的胡桃拥有小麦色的肌肤，她的杏核眼散发出令人惊艳的魅力。不过，现在可不是迷醉的时候。由香子想起来这里的目的，然后解开包袱皮上系的结，将里面的食盒一层层打开摆放在镜子前的桌子上。

“我不占用您太多时间。您能给这盒年节菜均匀地撒上金箔吗？”

“金箔？”

澪疑惑不解地看向食盒，随后一阵惊叹。一层食盒中摆放着海带卷、沙丁鱼干和鱼板。二层里放着生鱼片和煮红豆。三层里是熨斗鸡、照烧黄尾鱼和肉丸。四层里则是色彩鲜艳的红烧菜。虽然每个都不完美，但南天竹叶以及半透明的红色、黄色的花与菱形的叶子带着点点光辉，避免了菜肴整体上的单调。

“哇，好像很好吃啊。是年节菜！这是要做什么？”

太好了，看起来还不错——就在由香子稍稍松了口气时，阔嘴前辈已经给他们做了简短的说明。然后希望能够获得芦田澪的支持，由香子再次说道：“总之，我们必须要在四小时内做出名副其实的四层盒装豪华年节菜。而现在的菜品却不够豪华。以前，满里子……我在化妆品柜台工作的朋友说您在为三桥胡桃小姐化妆时一定会使用真正的金箔……”

“是的。给胡桃加上金色后会让她的面孔带有异国风情……我是这么说过。我明白了，只要撒上金箔就行了吧。”

澪深深点点头，然后打开缠在腰间的化妆包。他从里面拿出了一个金光闪闪的小塑料盒，打开滑盖，然后开始在年节菜上撒上金箔。原本给人以家常菜之感的食盒经过装饰后瞬间变成了高级饭店里的菜肴。由香子兴奋极了。她不喜欢装饰得乱七八糟的菜肴，而且也不愿用食材之外的东西进行装饰，要想在短时间内取巧也只能用这个方法了。堀井在由香子身后小声地说着好厉害。

“不过，你能在四小时里做成这样的菜肴，还真是准备充分啊。”

就知道你会问——由香子挺起了胸膛。

“首先，我用烹调节目组摄影棚里买的现成的做高汤的干菜做了沙丁鱼干和海带卷。然后又用员工食堂里剩下的白萝卜和胡萝卜、芋头等做了红烧菜，用冰箱里的鱼肉泥等做了鱼板、肉丸和熨斗鸡。照烧鱼则是从工作人员的食盒里临时装盘借来的。装饰用的绿色则是电视台大厅里成排摆放着的观赏植物——南天竹的叶子。煮红豆则是用我随身带着当作点心吃的水果干一起煮出的甜品。”

“唉，年节菜用平常的食材就能做出来啊。不愧是《暖心烘焙》的由香子啊！”

没想到像溱这样的名人也会知道自己的名字，由香子有些脸红。

“这些花和亮闪闪的东西呢？”

“这是为了弥补菜肴的不完美而想到的办法。我在大厅的自动售货机买到的橙汁中加了磨碎的柚子皮，然后再用琼脂使它们凝固。”

“哦，原来是这样啊。真是好想法。不过，怎么总觉得好像有什么不足的地方呢。”

由香子对食指托着下颌、眨着眼睛看着食盒的溪感到大吃一惊。她也注意到了啊。堀井扬扬自得的发言救了由香子。

“你是说缺少虾或者鲷鱼之类的豪华主菜吧。不要紧，由香子早就安排好了——”

得救了。由香子连忙点头。

“是的。我朋友的丈夫正好从今晚到明早会在胜浦出海钓鱼。坐船到东京湾的话应该很快，所以我刚才已经发消息请他直接到台场来了。”

薰子，对不起。虽然去拜托正在和朋友们进行私人聚会的膳场让由香子有些过意不去，但现在别无他法。溪一脸为难地似乎想要说什么。

“哎呀，你不知道吗？千叶也下了大雪……”

“我说，这个不能用吗？”

由香子循着清脆的声音回头看去，胡桃手里正拎着一个白色的盒子站在她面前。近在眼前的美貌让由香子感到眩晕。

“这里有蒙布朗和蛋糕卷，是经纪人给我的。”

“哇，谢谢你。帮大忙了！”

开心的由香子双手小心地接过盒子，胡桃则难为情地红着脸背过身去。

“我妈妈是《暖心烘焙》的粉丝嘛。”

多次向澪以及胡桃道谢后，由香子离开了休息室。狭窄的通道上挤满了《音乐赐福于我！》的工作人员和演员。为了避免与舞蹈演员们相撞，由香子三个人紧贴着墙壁向前走。

“蒙布朗和蛋糕卷能用在年节菜上吗？”

阔嘴前辈好奇地问道。他的大嗓门毫不逊色于摄影棚里传出的音乐声。

“关键是要在镜头前让它们看起来像年节菜，不是吗？把蛋糕卷里的奶油取出来，然后重新卷紧一点儿的话看起来就像伊达卷了。蒙布朗只要将栗子和奶油取出来装盘就是栗子金团了。来吧，还有不到一小时了，在鲷鱼到来前，咱们还要再加把劲儿。回员工食堂吧！”

不知何时，由香子已经像个领导一样指挥起两位男士，而且丝毫不会令人感觉奇怪。就在他们走向电梯时，身后的摄影棚里响起了一阵欢笑声。

“Happy New Year！”

“新年快乐！”

“今年也请继续关照《音乐赐福于我！》！”

啊，已经是新年了。虽然觉得像是置身事外，但由香子还是加快了脚步。地球的另一边，丈夫现在正和谁庆祝这一瞬间呢？就在由香子发呆时，她的手机收到了一条信息。由香子急忙看了下里面的内容，然后灰心丧气地放下手机。那是她最后的希望。

“对不起……我朋友的丈夫发来的信息，说是暴风雪太大，他们不能出海了。对不起，没有鲷鱼了。”

堀井和阔嘴前辈连忙安慰着失落的由香子。

“没关系！现在的年节菜就已经足够了！拍摄的时候用反光板一照就看不出食材不足了，不用在意啦！”

“由香子，你已经做得很好了，剩下的就交给我们吧！”

面对这样轻松的语气，由香子突然感到十分气恼，自己从录制节目以来就一直带有的疑问和愤怒犹如火山爆发般一股脑涌了上来。真是的，为什么电视台的人就不能再有更高的标准呢？比起品质，他们总是以外表的华丽与时间为优先，然后马上妥协。制作食物的人为什么就不能以做到完美为目标呢？！

“不行！这种不完美的食盒和刚一打开就令人失望的面子礼盒有什么区别！”

由香子的激烈言辞让两个人有些瑟缩，但由香子现在已经不去管他们有何想法了。

“在节目开始前不是还有一小时吗？我们要做到最好！只要找到能够替代鲷鱼的高级食材就行了！电视台里非常大，一定还有东西是我们能用的！”

由香子紧紧闭上眼睛，将周围的嘈杂阻隔在外。还有什么呢？只要有它在就能让人感到可喜可贺的气氛……脑中灵光一闪，由香子的脸上一下子绽放出了光彩。

“一楼入口有个大号水槽吧。那里有只大号白须龙虾！把它煮熟了做装饰的话一定非常特别吧！而且白须龙虾也是可食用的。”

堀井有些吃惊，提心吊胆地说：“但是，那个龙虾是社长的最爱，据说花十多万日元买回来的。”

那些我可不管——由香子冷静地说。

“制片人矶贝先生说无论什么责任他都承担。况且作为电视台社长，为了自家节目获得成功，他应该会很乐意做出牺牲的！好了，没时间磨蹭了。阔嘴前辈，你去找找能够捕捉龙虾的网好吗？”

“啊……嗯……综艺节目使用的小道具中好像有。”

阔嘴前辈平时的诙谐模样荡然无存，他一脸紧张地回答道。看来他是被由香子的气势震慑住了。

“我和堀井去找装龙虾的泡沫箱！那我们十分钟后在大厅的水槽前集合！”

没等说完，由香子已经沿着通道跑了起来。于是，两个人慌张地去追赶由香子。来到电梯前，由香子发现电梯每层都要停，于是又原路折回。

“没有时间了！我们走楼梯！”

一切进展得很顺利。

有什么东西正在拼命从五楼跑下来的由香子体内爆发，她身体各处都充满了昂扬的斗志。无论别人给我的评价如何都无所谓，因为我是专业厨师！

元旦 零点二十分 薰子

或许是被大雪包围的关系，每年都能清楚地听到的除夕夜的钟声明明已经敲完了，但她们竟然连一句新年好都没有说。婆婆的说教更加严厉了。

“你可真是让人大吃一惊啊，竟然让朋友帮忙做年节菜，然后再谎称是自己做的。做不到直接说做不到不就行了吗？”

薰子和婆婆坐在桌子两边，她们隔着打开的空食盒已经对峙了三小时，薰子从中得到的教训就是，你越解释就越糟。但薰子还是忍不住要说。她已经忍无可忍了。

再怎么说也是婆婆太顽固。没想到她竟会拿出食盒来做文章。

“我没有让她们全做啊。第四层是我做。”

“啊，第四层只有一个红烧菜吧。你自己负责一个最简单的，你的朋友到时候也会因此小瞧你的。你可真是从头到脚都让人生气啊！”

婆婆大大地叹了口气。她靠在椅背上自上而下打量了薰子一遍。

“你和你的朋友们不同，你不是在普通家庭里长大的吧。”

薰子不由自主地抬起头。虽然她以前就觉得婆婆很讨人厌，但没想到性格会这么恶劣。她本该最清楚离婚家庭或者单亲家庭的辛苦，但她却非要这么说。

“结婚典礼上看到你妈妈时，我真是大吃一惊啊。她那么年轻、漂亮，而且还带着个那么年轻的男友，所以才没时间教你做年节菜吧。”

薰子拼命咬紧了后槽牙，现在不能发火。根本不用婆婆挖苦，自己的妈妈年轻貌美得有些脱俗，甚至令人心痛。她只是为了引起从来不顾家丈夫的注意就在美容院大把大把地花钱，甚至放弃了做家务与育儿。尽管如此，因为她没有一个人生活的自信，所以始终不肯离婚。薰子不想步她的后尘，因此才会努力学习与工作。她和妈妈话不投机，最近也不太联系。即便如此，为什么现在会这么生气呢？薰子做了个深呼吸，然后总算平心静气地慢慢说道："我为撒谎道歉，对不起。但是……我觉得请人帮忙没什么不对。"

"真是服了你！你还敢顶嘴？你真是好大的胆子！"

"自己有困难的时候就请人帮忙。朋友有困难的时候就去帮忙。人类不就是这样建立起关系的吗？婆婆您也是这样吧？"

薰子觉得婆婆的表情瞬间似乎有些僵硬。薰子装模作样地回过头从柜子的果篮里拿出红薯，然后把这个红薯的横断面拿给婆婆看。

"这是恭一郎刻的红薯印章。您还有印象吗？"

"……那是？"

婆婆慢慢地接过红薯印章放在手中仔细地端详。看到婆婆意想不到的温柔视线，她总算松了口气。

"婆婆您一定也接受过别人的帮助吧？恭一郎说无论如何都想要帮帮总是忙碌的妈妈，所以他才开始学习烹调。尔后，他喜欢上了美食，成为美食杂志的编辑。我就是被他的这一点吸引，与他产生了共鸣。因为我也生长在父母不在身边的寂寞家庭里，所以我们才憧憬着共同打造一个温馨的家……"

婆婆已经柔和的脸色霎时变得可怕起来。

"你什么意思？你是说我让我儿子感觉寂寞了？"

"不是，那个……"

婆婆已经气得两眼通红。不好！啊，自己又多嘴了。就像平时满里子训斥的那样，薰子对多嘴的自己深恶痛绝。

“我不是那个意思……”

“你别说了！真是和你妈妈一样！”

这次薰子真的生气了。她忍无可忍地道：“婆婆！”

薰子的声音不住地颤抖。

“就算您是我婆婆，说话也要有分寸。我绝不允许您说我妈妈的坏话！”

薰子仰起头，抑制住即将决堤的泪水。薰子终于明白了。因为有妈妈在，所以才有了今天的她，有了坚强的她。她没有让自己的祖先、自己的家庭蒙羞的理由，也没有必要去遮羞。

“只不过是年节菜而已，为什么您非要说到我父母身上呢？出生在不会做年节菜的家里就那么丢人吗？我不这么想。我的爸爸、妈妈或许是过分的父母，但他们对我来说都是最重要的人。”

薰子背对着婆婆不去看她的表情，她拼命跑向二楼。飞奔进卧室的她将房门上了锁，然后在一片漆黑中一头扎在双人床上。小时候，只要父母开始吵架，她就会像这样带着弟弟躲进卧室。她在黑暗中看看四周，之前慌乱中拿进来的衣物、杂志等都散乱地放着。薰子开始发呆。生怕被婆婆看到而提前藏在这里的啤酒罐、清酒瓶与葡萄酒瓶倒了好几个。自己的确是个不称职的新娘。

事到如今，薰子擦掉了可笑的眼泪。希望能用完美的年节菜压倒婆婆，可自己到底想要赢些什么呢？不过，自己真的尽力了。薰子仰面躺着，双手交叉枕在脑后。即便婆婆要拿自己与别人相比也没有办法。自己只能按照自己的方式来组建家庭。咚咚——有礼的敲门声响起，薰子坐了起来。

“薰子，把门开开，刚才是我不对。”

婆婆用薰子从没听过的示弱的声音说道。

“对不起。因为我不是个好母亲，所以就硬逼着你成为我理想中的样子，甚至还说了你父母的坏话。我这是怎么了？你说得对。”

这是自己的婆婆在说话吗？

“我要顾家，又要工作，每天都是忙忙碌碌，对孩子们也十分严厉。家里的家务、做饭等好多都是孩子们在帮我，但我却没有好好面对他们。我也不像你有很好的女性朋友。真是羡慕你啊……有困难时还有朋友帮忙。你能坦然地求助也令我羡慕。”

薰子揪心地盯着房门，之前的怒火彻底消失。婆婆要顾家，又要好好工作已经很不容易了，而且她也没有责备自己。她绝对不是坏妈妈。因为薰子的丈夫总是在惦记着她。他期盼着能在正月里与她一起饮酒。婆婆没有倾诉烦恼、给予她鼓励的对象吗？

“开开门好吗？让我看着你，然后好好给你道个歉。”

刚要说好的薰子立刻白了脸。不好。要是让婆婆看到这个房间就糟了。就算婆婆能够理解，自己也会感觉羞耻。她慌张地说：“那个，对不起，我懂您的话了。我马上就出去。您在客厅等一下好吗？”

“为什么？你身体不舒服吗？还是你不原谅我？”

“不是的。那个，我真的马上就下去。我没事。”

薰子拼命敷衍，但是婆婆充耳不闻。要她离开房门就像是她一辈子都不能再见薰子一样。

“薰子，开门！快开门！总之你把门打开！”

婆婆的声音提高了一个八度。门把手被她转动得咔嚓嚓直响。她的两只手还使劲儿拍着房门。薰子不由自主地蒙上了被子。

真是，她怎么这么固执啊，又要强又耿直，还对自己认定的事情深信不疑。这就像，就像，这不就像自己一样吗？

“薰子！快点儿开门！呀！”

伴随着金属的断裂声，门上的合页脱落了。婆婆突然破门而入。她矮小的身体因为被清酒瓶绊到而向前摔倒，然后又倒在另一边放着的啤酒罐上。薰子从毛巾下面露出的眼睛看到了这一切。她默默地想，这下真的全完了。

凌晨一点十五分 咲子

玻璃窗被暴风雪吹得呼呼作响。雪似乎更大了，即便在黑暗中也知道，外面的景色全都变成了纯白色。

在咲子做的年节菜中，咏一郎似乎非常喜欢“熨斗鸡”。

“堪比和风照烧汉堡啦！让我想起以前你做给我的便当。”

从喝酒的样子上来看，咏一郎是真的觉得饭菜很好吃才会夸奖咲子的，那并不是客套话。因为追加了烧酒，所以房间里留下几个喝空了的小酒瓶。看到咏一郎的手又伸向第四个保鲜盒，咲子再也忍不住了。

“喂，你别吃太多，至少把饭团子留给我啊。”

咏一郎总算把用保鲜膜包着还没动过的饭团递了过来。

“比起旅馆做的菜，我还是喜欢咲子你做的菜。”

咏一郎撒娇地向咲子靠过来。咲子本打算隔着矮桌与他保持一定的距离，但只要她稍一松懈，他就会立刻靠过来，弄得咲子浑身都在冒冷汗。

“这份是薰子的，要留出一些来。”

“薰子啊……我想起来了，是你朋友，还有由香子和满里子吧。”

忽然，咏一郎眯起眼睛看着窗外的暴风雪。雪不但没有变小，反而愈下愈大。明天电车是否能够运营也说不准了。

“我很讨厌她们。她们看我就像在看坏蛋！我和你分手也是她们挑唆的吧。与其说你是自愿离开我的，不如说是她们抗议的结果，对吧？”

咲子刚要说不对就闭上了嘴。的确，如果没有朋友们的反对，她或许还会和咏一郎一直交往下去。

“你为什么要和她们交朋友？”

“嗯？”

“你们完全不一样！根本没有共同点啊！”

咲子猛地看向咏一郎。他戏谑的目光深处似乎隐藏着敏锐与残忍。

“她们几个总是叽叽喳喳的，就像一般老百姓一样是大嗓门的粗人。我的比喻或许不恰当，不过换句话说她们就是杂草。但咲子你是不同的。你适合弹奏肖邦、手捧花束或者头戴花环。你不该辛苦地工作赚钱。你是温室里的玫瑰啊！”

咲子知道咏一郎悄悄握住自己放在桌下的手，感觉他像在拉选票。尽管感觉很不舒服，但咲子还是没有甩开他的手，这是怎么回事？

“我喜欢你的钢琴。你为了生活而放弃艺术真是太令人心痛了。我有财力也有能力让你发挥你的才能。我无法忍受让你去过那种杂草般的生活。”

咲子终于甩开了咏一郎的手。她厌恶自己的摇摆不定。她不想去在意的自卑感冒了出来。薰子、由香子、满里子——咲子始终在憧憬她们的强大与才能。她一方面以她们为傲，另一方面又因为自己无法变成那样而焦急、痛苦。大多数音大毕业的学生都不能只靠音乐吃饭。而且，就如咏一郎所言，自己或许真的适合被人保护。咲子避开咏一郎像是能够看透她的目光，然后用力撕开饭团的保鲜膜。咲子想要改变下心情。她不顾礼节地大口吃起饭团，一边使劲儿咬着饭团，一边努力吞下去，然后她喝了一口茶。

“真难吃……”

咲子不由自主地说了出来。做饭团的大米不仅不甜、没有香味，而且煮得也太软了。自己已经好久没有吃过这么难吃的大米了。对了，自从和真田交往开始，自己就始终在吃他家产的精米。咏一郎露出了吃惊的浅笑。

“不吃大米也挺好啊。碳水化合物会让人发胖。”

咲子盯着他苗条的身材与消瘦的脸颊看了一会儿。对了，咲子想起自己为什么想要离开他了。那既不是因为薰子她们的意见，也不是因为他们生活在不同的世界，而是因为他只是光看但从不吃大米。开始时，咲子虽然没有在意，但逐渐地，每次和他一起吃饭都变得很痛苦。

“咏一郎，我现在的男朋友是米店的老板。他相信他卖的是全世界最好吃的大米。他做的饭团还有稻荷寿司天下第一！”

咲子一边小心地选择着说辞，一边回忆着与真田一同走过的一年半时光。

“我们交往的时候，他还说过‘虽然我什么都不会，但能让你吃一辈子好吃的大米’呢。是他的坚强吸引了我。和他一起的话，无论发生什么，我都能继续走下去，感觉我自己也变得坚强。他是个脚踏实地的聪明人。我尊敬他。

“而且，他绝对不会说我朋友的坏话。”

咲子起身穿上外套。她整理好衣服后低头看着咏一郎微笑着说：“谢谢你认出了我。我并没有放弃教钢琴。同时，我还想继续坚强地生活下去。比起成为温室里的玫瑰，我更想成为杂草钢琴家。因为，音乐是向所有人敞开大门的。我要走了。”

“外面还下雪呢！现在没法走啊！”

咏一郎低声阻止道，但当他看到咲子的眼睛时，知道自己拦不住她。他纤细的颈部的喉结动了动，绝望地叹息道：“知道了。但是，我要告诉你，‘让你吃一辈子好吃的大米’那是在向你求婚啊，笨蛋。”

咲子默默低下头走出房间。她走过寂静的走廊，穿过空荡荡的大厅。宾馆正面的电动门已经上了锁，所以她找到员工通道走出了宾馆。厚重的雪突然吹到她的脸上，盖住了眼睛。积雪已经没过了脚踝，咲子看不清前方。最受不了的就是天气冷得像是要冻掉鼻子。或许是新年里凛冽空气的缘故吧，咲子的运动鞋早已又冷又湿，虽然她想过再回到宾馆，但还是掸落了额头上的雪。不能后退，一定要在天亮前回到东京，无论用什么方式。

咲子一边在暴风雪中前进，一边小心地走下温泉宾馆前的斜坡，一台小型巴士正从这里经过。咲子连忙在后面追赶着巴士。她用足以盖过暴风雪的声音叫道："我要搭车！停一停！我要回东京！"

巴士的停车声在雪夜中响起。

凌晨四点五十分 满里子

大家已经十几个小时没有吃东西了，所以摆在篮子上的第二层年节菜瞬间就被吃光了。金团、醋拌生鱼丝、伊达卷和煮红豆全都填进四个人的肚子里。留美子还像没吃饱似的舔着保鲜膜上残留的金团馅。满里子饿得几乎忘了对薰子表示歉意的肚子现在总算不再发慌了。这样也能耐住黎明时分让仓库更加寒冷的凛冽空气了。

“都是些吃不饱的东西，真是不好意思啦。我做的菜是负责好看的，所以基本上就是个花样，并不实用。怎么样，是不是很像我啊？”

满里子越来越会自嘲了。

“好不容易和外面联系上，结果竟然惹怒了保安，我到底是有多蠢啊？”

想起刚刚的失态，满里子不禁一阵心痛。她尽量不去看墙上的直通电话，转而麻利地收拾起保鲜膜。

“你好，这里是谷心保安公司。您有什么事？”

没想到满里子听天由命拿起的话筒中竟然奇迹般地传来了粗声粗气的男声。满里子朝部下们用手大大地画了个圈，她们相互拥抱着欢声雀跃起来。

“你好，我是在丸兴百货商店旧址的仓库里打的电话。我们是一楼的售货员，在除夕夜被锁在了地下仓库里出不去。请快来救救我们。”

短暂的沉默后，一个含混不清的声音说。

“很抱歉，我们无法救援。贵公司已经于去年与我方解除了合约。咱们两方已经合作了很久，但贵公司却毫无预警地单方面毁约了。您还是和现在的签约公司联络吧。”

满里子压抑的声音中带着愤怒与悲伤，她感觉自己背后更冷了。

“但是，现在只有这部电话能打通……那个……”

“您的信号显示这部电话来自贵公司对面的三井百货，可能是大雪天气出现了线路故障。我们会马上进行调查。总之，贵公司已经和我们没有任何关系。贵公司的突然毁约让我们这样的小公司经受了不小的打击。社长……我父亲非常痛苦。”

对方颤巍巍的声音直刺满里子的内心。她从没想过保安公司的情况。她还以为是因为旧址的安全系统陈旧所以才换了新的。满里子刚想放弃，但看到不安的部下，再次集中精神豁出去地继续说。

“真是不好意思。但是，再这样下去，我们就会被关整整两天。至少您帮忙给百货商场或者警察局打个电话可以吗？”

“你还真是什么都不懂啊。你往别处打电话吧！”

对方用冷淡的语调说完又用厌恶的口吻继续道。

“像你们这种百货商店里的小姑娘啊……干着光鲜亮丽的工作，怎么知道我们这样的中小企业有多么艰辛。”

对方轻蔑的话语使满里子满腔愤慨。

“光鲜亮丽？我们光鲜亮丽？真是可笑！”

满里子气势汹汹地冲着电话那端吼道。大家都惊慌失措地看着她。

“你知道化妆品柜台的工作有多辛苦吗？你知道一天站着工作十个小时，还要在干燥的空气和投诉的消费者面前保持完美的笑容有多不容易吗？我们就是在水面下划水的天鹅的脚！经济不景气的时代，哪个行业都辛苦。即便这样，我们也得站在商场里啊。”

满里子深吸口气继续道。

“那是因为我们把让顾客变漂亮当作使命、幸福！如果你也是保安的话就把个人恩怨放在一边，快来帮帮有困难的人吧，现在立刻！”

对方话筒安静了一会儿，不一会儿就传来了挂线的嘟嘟声。这时，满里子才发觉自己做的事情有多么重要。她用手抚着额头胆怯地转头时，另外的三个人向她报以热烈的掌声。这总算让满里子感觉好受些。但即便款待大家吃了年节菜后，她还是觉得很抱歉。

“没关系啦，店长。我们直接获得了化妆指导，而且还吃了你为朋友做的年节菜，过得很开心。”

留美子首先随意地说道。她已经完全不在意她的妆容损毁与黑眼圈了。保美也点头道：“大家就在这里热热闹闹地过两天也不错啊。反正我的戒指也丢了，就算现在见到他也只会被骂。”

不多时，城山有些不好意思地开口了。

“您刚才电话里说得太好了，也让他们知道一下咱们的辛苦，还有……”

她拿出化妆镜，满意地看着满里子精心帮她画的细长而清秀的眼与形状美丽的嘴唇。

“我喜欢这个妆。”

满里子不由自主地笑了。虽然现在大家都是妆容脱落、头发散乱、一副吓死人的样子，但到了一月二日，我们一定会带着令人惊艳的笑容迎接客人。现在除了想上厕所外，其他方面并没有什么可担心的。

就在这时，大家发现门外响起了脚步声，而且声音越来越大。门把手转动了一下，随后听到了钥匙插入的声音。大家屏气凝神地相互看看。难道……在一阵沉重的金属声之后，仓库里射入了一道阳光。

“我是谷心株式会社的谷原。新的保安公司也没什么了不起嘛，还是用的以前的密码，轻松就把门打开了。藏门卫钥匙的地方也没换。”

听到有些耳熟的声音，满里子提心吊胆地抬起头。在身后阳光的映衬下，这位令人敬佩的高个儿男子正面无表情地俯视着满里子。他有着健壮的身体和下颌。糟糕，自己竟然会在这时候动

说着，她开心地夹起了黑豆。

“今年我们‘JYU HAN’组合要请大家多关照！之后是《全国高中生 glee 甲子园》。进入决赛的三所学校将在入冬后的第一场雪中由台场电视台为您转播！那么，祝大家新年快乐！”

如同钻石般闪着耀眼的光的黑豆上出现了演职员表。由香子吃惊地抬头看向身边的堀井。

“难道阔嘴前辈把脚本改了？竟然以黑豆作为特写落幕。”

在节目开播前知道脚本的人都会以为这是后加上去的。

“没有啊。以黑豆作为结尾，大家都高兴啊。虽然不够引人注意，但黑豆可是年节菜的主角啊！它有着无可替代的特别味道。它要比虾或者金团更适合做主角。多亏有你帮忙，这个节目才能成功呢。”

心中感动的由香子抬头看着屏幕。为了薰子，由香子花了两天时间用珐琅锅煮了黑豆。当她要将煮好的软烂黑豆装盘时却又迟疑了。这是一道极为普通的菜，即便没有上桌也没人会注意。毕竟餐桌上已经有了费尽周折才抓到的白须龙虾这样的大明星。由香子在摄影棚的一角一直这样对自己说。但当听到“还有三分钟”时，她还是忍不住跑过去说。

“对不起，请把这个放进年节菜里，否则就会不完整！”

多亏堀井动作迅速，这才使散发出黑色光泽的它正好赶上与其他菜品同时亮相。

“黑豆的确要加，会有人注意到它的。虽然这次很辛苦，但我学习了很多，感觉好像什么都能成功。”

由香子使劲儿伸伸腰，随后对堀井笑着说道。由香子感觉状态很好。她有很多年没有熬过通宵了。屏幕上映出的合唱团中的少年与少女们正在唱着动听的歌。这首不就是自己喜欢的《哈利路亚》吗？由香子回想起在女校读书，圣诞礼拜时她们在咲子的伴奏下所唱的歌。大概是因为就在电视台里直播的关系，画面中的歌声与电台里传出的歌声融为了一体。

“我很没自信的。电视台里的美女太多了，而我缺少作为女性的魅力。我总担心自己的丈夫会不会见异思迁。今天就像是在做梦一样。也许就是我自己想象出来的呢。”

刚一说完，由香子就感觉有种魔法解除后的轻松。自己受到伤害不过是她想象出来的而已。实际上是否真有这样的事情发生，只要看着丈夫的眼睛就知道了。由香子拿出手机，里面有几封丈夫发来的邮件。“由香子，你在干什么？我们不是约好要早早交换贺年邮件的嘛！”——看到丈夫发来的撒娇般的文字加上要哭的表情文字，由香子由衷地露出了笑容。《暖心烘焙》正月期间放假，就趁这段时间去澳大利亚吧。他一定只是感觉孤独寂寞。

“由香子怎么会没有魅力呢？我很喜欢由香子，又可爱，又漂亮、温柔，那么具有独创性，而且做事还努力到令人吃惊。”

对于堀井的夸赞，由香子本想笑着说句谢谢，但当她看到他那认真的目光时，不由得呼吸一窒。这是她完全没有想象过的情况，她的脑子里晕乎乎的。由香子感觉自己的脸越来越红。她从没想过自己有天会被丈夫之外的异性看中。

“你才不是没有魅力……”

堀井的手轻轻靠近由香子的脸颊，由香子有些僵直。就在这时，她越过堀井健壮的肩膀，竟然看到了好朋友的笑容？！

“咲子？！”

屏幕上出现的少年和少女们簇拥着咲子，咲子的脸上也露出了花朵般的笑容。拿着奖杯的眼镜少年站在镜头前哽咽着哭了起来。

“我们能够拿到冠军都是因为老师弹奏的钢琴！如果咲子老师没有搭乘巴士，我们就会在没有伴奏人员的情况下放弃比赛！”

咲子身上到底发生了什么事啊？由香子推开堀井，步履蹒跚地走到大屏幕前。她原以为咲子一定在薰子家的。那也就是说，现在正给薰子帮忙的只有满里子了。由香子面色惨白地叫道：“堀井，快去开外景车！”

由香子拼命穿过大厅走出自动门，她向正在相机前和合唱团的孩子们拥抱的咲子使劲儿挥手。冷得叫人不禁打个激灵的海风一下子让由香子恢复了精神。

上午九点二十分

堀井开车穿过护城渠，缓缓爬上被雪覆盖的神乐坂。途中，他们与清雪车擦肩而过，咲子不由自主地回头看去。那里不仅有积雪，还有因新年初次参拜而往来的游客，热闹程度非比寻常。门松的绿色和红色与雪景相映，刺痛了咲子因熬夜而疲劳的眼睛。

“真是不敢相信，你竟然能够拦车从秩父回到台场。万一你拦到的是个变态男的车，他要强奸你的话可怎么办啊！”

由香子的话说完，驾驶席上随机传来一阵巨大的咳嗽声。为了让由香子放心，咲子爱怜地拍了两下由香子的头。

“没关系。我要是在旅馆里住上一晚才是真的危险呢！”

不明就里的由香子侧头表示疑惑。咲子决定仔细说给由香子听。

“总之，你跑出来后能坐上那些孩子的车真是太好了。听说是因为他们在元旦有决赛，但是往东京去的交通都中断了，所以才会自力更生，请学长开车带他们到台场的。不过在路上，伴奏老师又病倒了。”

当偶然搭车的咲子报出自己是钢琴老师时，那些孩子是那么高兴。咲子忘不了自己弹的钢琴曲与他们的歌声重叠时的喜悦。女校读书期间，在唱诗班伴奏时的那种庄严感又复苏了。

“看来除了讲师之外，与钢琴相关的工作还有很多很多。我今年会努力尝试，首先以为业余合唱团伴奏为中心吧！”

“总之，这是你最后一次瞒着我们去打工，拉钩！”

由香子气鼓鼓地说道。她粗暴地拉过咲子的小指和自己的缠在一起。冰凉的触感让咲子的内心平静下来。

“由香子，你的手怎么这么凉，而且还很有力气……”

“那当然了。我可是专业烹调师。嗯！”

由香子别开脸点点头，她的样子是那么可靠。

“总之，现在的问题是薰子，没准儿她家的厉害婆婆已经到了呢。”

“不可能！不过，只有满里子一个确实让人不放心。虽然我也担心薰子，但是怎么都抽不出时间。本来打算给你们发信息的，但是没发出去。啊，怎么回事啊？”

爬上神乐坂的车停在“Vaugham 神乐坂”前。由香子又向堀井道谢几次后才从后座下车。空气中夹带着清爽的薄荷香。穿着运动鞋踩在雪上，咲子能够感觉到脚下发出的嘎吱声，同时也感觉到了寒冷。又一个毫无色彩的新年到来了。目送堀井的车走后，咲子惊愕地发现了站在街对面写着“保安公司谷心”的客货车前相互凝视的男女。

“满里子？！你在干什么？”

“咲子？还有由香子！”

满里子吃惊地看向她们，然后惊慌地离开穿着保安制服的男人。她万分不舍地向他挥着手，然后朝她们走来。男人忍不住喊道：“我一定会给你发短信的！”

“我也是！”

满里子如少女般双眼湿润的样子似乎并不是因为寒冷。直到男人开的车不见踪影，满里子还像是在祈祷般盯着那辆车。到底怎么回事——

算了，现在不是在意这些的时候。

“怎么回事？怎么连满里子也在外面？昨晚你没和薰子在一起吗？”

“咲子也没在吗？啊，由香子也是？刚才我看了薰子的朋友圈，她婆婆好像已经因为大雪提前来了！”

咲子看了下满里子递过来的手机屏幕后随即惨叫起来。

她婆婆来了。

发朋友圈的时间是昨晚八点。真没想到她婆婆会来得这么早。

“薰子竟然和那个严厉的婆婆从除夕一直待到元旦？”

三个人提心吊胆地回头看向背后的“Vaugham 神乐坂”。现在，薰子家里究竟是什么情况啊？光是想想就很可怕。由香子使劲儿一拍手：“好了，还是别想了。总之，现在我们终于能够平安地把各种年节菜送到薰子身边了。对付她婆婆的时候，我们就见招拆招吧！”

瞬间，其他人都吃惊地看着由香子，好像她突然之间变了模样似的。咲子也愣了一下，但还是打起精神坦白了。

“对不起，我……其实我把年节菜……准备是准备了，但是量变少了！”

咲子抱歉地移开视线，而由香子和满里子也同时叫道：“我也是！最重要的黑豆都没了！”

“我什么都没带！”

三个人相互看看，终于发现了异常。她们的头发都是乱蓬蓬的，而且形容憔悴、带着黑眼圈。不用说就能想象得出她们这一夜过得有多辛苦。但是，如果和薰子比的话……

“总之，我们快点儿进去吧。”

咲子下定决心按响了门铃。满里子不安地偷偷用手抓住手腕。不一会儿工夫，薰子的声音响了起来：“新年快乐！大雪天辛苦你们了！快进来吧！”

薰子还像平时一样开朗。她的愉悦声音吓到了咲子。她本以为薰子会更憔悴的。咲子带着同样一脸惊讶的好朋友们走过缓缓打开的自动门，穿过中庭直接到了膳场家门前。房子里传出了薰子的大喊声：“门开着，你们进来吧！”

三个人小心翼翼地开门进去后，发现屋子里有种非常好闻的味道。三个人万分小心地换好鞋子走进客厅。看到客厅里的情景，她们就像被人点了穴般一动不动地定住了。

薰子竟然和她婆婆笑着坐在桌边喝着葡萄酒！她们还看到了好几个喝光的空瓶子。不光如此，桌子上还摆着那个打开的四层食盒，里面已经装满了各种看起来非常好吃的菜肴。

“怎么回事？这个年节菜是？”

由香子实在忍不住地率先出声道。

“是婆婆和我连夜做的。”

薰子一边摇晃着酒杯一边笑着说道。她大概有些醉了，眼神有些迷蒙。薰子的婆婆也不似她们在婚礼上见到的那样严肃，她连说带笑得脸都红了。

“啊？你们两个？”

满里子像看怪物似的打量着她们两个。

“我告诉婆婆我没吃过家里做的年节菜，所以婆婆就教我做菜了。年节菜做起来非常简单啊。我根本没必要把它想得很难嘛！或者说，它就是变相的下酒菜？我对自己有信心了！”

“是啊，薰子，不过就是做菜嘛！就是为了喝酒才准备的东西，差不多就行了！你以为我有那么厉害吗？要是不偷工减料，我怎么可能一边工作一边带孩子啊！”

“知道了，我学会了！”

“和儿子一起喝酒挺好，和儿媳妇喝酒也不错嘛！”

咲子扫兴地回头看看由香子和满里子。她们到底操的什么心啊？想不通的三个人也各自坐下了。

“不过，到底是怎么回事啊？你不是什么都没准备……”

薰子一边认真地夹菜给她们，一边向疑惑的由香子做起了说明。

“这些都是用我家里有的东西做的，就是干菜或者罐头。首先是第一层，里面当然是没有黑豆啦，所以就用鹰嘴豆罐头、水煮西红柿和牛肉罐头做了一个豆煮牛肉。这层菜的寓意就是要勤恳认真，所以只要有豆子就行啦！我们还清炒了下酒的小炸鱼和腰果，这就是沙丁鱼干的替代品了。然后用做高汤的海带和捞汁做成炖菜。因为没有干的青鱼子，所以我们就把鳕鱼子烤熟了代用。第二层只要是甜食或小菜就可以，所以我们就做了比伊达卷好做很多的鸡蛋丝、蜂蜜煮果干、糖渍柚子皮和奶油芝士无花果……”

薰子的婆婆在音调越发怪异的薰子之后出了声。

“第三层是把冰箱里的生火腿和熏鲑鱼用紫苏叶和切成薄片的白萝卜卷成的八幡卷。把肉罐头切薄片后加上芝士烤好就是熨斗鸡，还有罐头扇贝和萝卜色拉。第四层的红烧菜是连薰子也不会感到难做的黄油花生和芝麻油一起做成的简易中式炖鸡肉。然后还有红薯做成的金团！”

“是啊是啊，我们还把红薯印章也当成了材料呢！啊！糟了，我好不容易做的贺年卡还没寄出去呢！”

“薰子你可真是的！”

婆媳俩心有灵犀般相视一笑，然后炫耀地看向咲子等人。几个人半天没说话，只是看着那些色彩丰富的年节菜。

“我一直以为我们四个人是一体的……”

咲子嘟囔了一句之后，所有人的视线都集中到她身上。大家大概都过了一个十分辛苦的夜晚吧，但大家也一定是用对自己而言最好的方式摆脱了困境。咲子只要看到其他三个人的充实样子就能断定这一点，因为她们是相交多年的朋友。

“我一个人可以做菜，咱们四个人一起也可以做菜。能和你们做朋友真是太好了……”

薰子用力点头说道，婆婆则轻轻拍手鼓掌。满里子和由香子也露出了安心的微笑。

“不过，我要说一下。其实这个食盒不是四层的，它还有一层，应该就在我家的储藏室里，不过找不到了。”

听了婆婆的话后，由香子“啊”地叫了一声。

“是吗？原来这个食盒是五层的啊！”

“哎！那也就是说这个年节菜并没有做完喽。真是受打击——”

薰子语气平常地仰望着天空，饮尽了杯中的葡萄酒。婆婆一边给薰子空了的酒杯里倒酒，一边笑道：“不，第五层食盒只是备品，是用来装预留的菜和火锅食材的。当客人突然增多时就派上用场了。”

“就是以备万一啊！您想得真周到。”

满里子佩服地道。

咲子脑中浮现出了那个没有见过的备份食盒——以备万一的食盒。那里面装的都是什么呢？是薰子和她婆婆的新关系？还是满里子的新恋情？也或许是由香子作为烹调研究家的新的未来展望？还有，自己的……虽然未来还不可知，但咲子要勇敢地去挑战，挑战新的工作以及和男友的关系。没关系，我们无论何时都有着一切可能。四个人一体，但即便只有一人也会努力。

“总之，干杯！你们快来，在我老公拿回鲷鱼前，一起来欣赏下我们婆媳联手创造的奇迹菜品吧！”

大家在薰子的号召下举杯站了起来。清脆的碰杯声仿佛一下子消除了到去年为止的所有烦恼。来吧，新的一年终于开始了。

“新年快乐！今年大家也要多关照！”

“Happy New Year 2011！”

昨晚的暴风雪就像是场梦。元旦的东京上空碧空如洗。

参考文献

《鱼柄家的辣油——生辣油与熟辣油之书》鱼柄仁之助（总统社）

《有元家的年节菜》有元叶子（媒体工厂）

《年节菜与年初岁末的款待》松本忠子（文化出版局）